I0667445

Collection "*Cresson Bleu*"

ISSN: 1767-106X

BIOGRAPHIE EPISTOLAIRE D'UN JEUNE HOMME COMME IL FAUT

Norbert-Bertrand Barbe

Nihil est, quod discere velis, quod ille docere non posit.

BÈS EDITIONS

ISBN: 978-2-35424-220-6

Collection "*Cresson Bleu*"

ISSN: 1767-106X

© 2019, Bès Editions

Apostille au "Sur Descartes" de Georg Büchner - La Vénus au miroir

Quand l'Armoire est loin de son quidam, il cesse d'exister.

Je ne me définis que par rapport à mon environnement. Je pense donc je suis, cette affirmation de Descartes est, comme on l'a déjà dit, insatisfaisante de plusieurs points de vue. Tout d'abord, parce qu'elle suppose la préexistence de l'acte sur l'objet. D'autre part, parce qu'elle suppose aussi une supériorité de la conscience humaine sur une non-conscience qui serait animale. Comme le Bien s'oppose au Mal, ces deux types s'opposent sur le mode "ficinien" de la dyade amor dei/amor humanus contre amor ferinus. Il s'agit donc précisément d'une vision panthéiste d'origine judéo-chrétienne (cf. *Genèse*, I 1-2). En effet, tous les hommes (en tous cas une partie, le "peuple élu", moins les autres, qu'ils soient nègres, femmes ou juifs) sont censés être à l'image de Dieu, pensants donc doués d'une âme. Cette caractéristique les a toujours définit en les opposant à la bestialité (toute chose, en tous les cas philosophique, n'existe que par son contraire).

Je pense donc je suis, non, mais j'existe car j'ai un cœur qui bat. Je ne sais plus qui donnait pour preuve de l'intelligence humaine qu'un chat, privé de toute nourriture, mis devant un bol de graines ne le mangerait pas, au risque de mourir (on voit bien là que le besoin vital est opposé à la réflexion en tant que travail de la pensée). Mettez assez longtemps un homme dans un pré, il ne broutera pas, peut-être même préférera-t-il se nourrir de ses propres déjections, est-ce dire pour autant qu'il est plus bête qu'une vache? La marque de mon existence, outre qu'elle dépend de la réciprocité de regard de Moi sur l'Autre et de l'Autre sur Moi, ne se caractérise pas en termes discursifs. Je veux dire que si "tout est langage", je ne suis pas non plus par mon pouvoir de réflexion. Ceci est doublement important: 1/ Parce que, depuis toujours, c'est la potentielle intelligence humaine qui a été la preuve de l'existence de ma conscience; 2/ Parce que, consécutivement, c'est l'absence du doute (même de Descartes) sur cette vérité de mon existence consciente, donc de mon existence tout court, qui a prouvé ma réalité. Est-ce dire que tout ce qui ne pense pas n'existe pas? Un rocher, un oiseau. La subjectivité de ma vision n'oblige pas l'irréalité de mon entourage, même si, plus qu'un état (cogito, ergo sum), je ne suis qu'une

action (je suis pensant). Outre un amas de chair et de sang, je ne suis rien. Je ne peux m'auto-identifier en constatant que le miroir me renvoie une image et que je la regarde (donc que je la pense). Il a déjà été remarqué que certains rêves sont si prégnants, que s'ils duraient plus que l'état de veille, on les prendrait pour l'état permanent de la réalité, la réalité elle-même apparaissant alors comme un songe.
Je vis comme un pigeon, donc je suis un pigeon.
Je suis sans doute un être pensant, mais enfermé, je ressent une irrépressible chlostrophobie, de l'angoisse et du désespoir. Mes repères se brouillent, le temps ne se décompte plus au même rythme. Bref, j'ai la réaction des chiens de Pavlov ou de vulgaires pigeons.
La preuve avérée de mon existence resterait mon modus vivendii. Penser l'activité de l'homme revient à le penser au travail, autre preuve de cette existence réfléchie, puisque issu de son besoin de connaissance (celle-ci n'étant, telle qu'on la conçoit couramment, que technique). Le travail, qu'effectue seul l'homme (ce qui, par ailleurs, est faux, si l'on pense aux fourmis ou encore aux castors, etc.), serait une punition divine (*Genèse*, I 3), ce qui ainsi le survalorise. Cette idée est issue des plus anciens mythes monothéistes et anté-génésiaques. Mais, 1/ le travail n'est que le fait d'une civilisation sédentarisée; 2/ il ne sert là encore qu'à satisfaire des besoins vitaux.
Que fais-je? J'instaure un rythme et répond à des pressions sociales pour satisfaire mes besoins vitaux, plus quelques autres adjaaunts, qui sont tous loin de prouver ma réalité patente.
Je regarde "Le Juste Prix" et "Santa Barbara", donc je suis? J'ai l'eau chaude même en été, donc je pense? Je fais *tout* pour me loger, me nourrir, me vêtir, je ne troque plus je paye. Est-ce là preuve de mon *être*? Que non. Deux hommes peuvent pratiquer l'échange, dix millions certainement pas.
Dans le même ordre d'idées, on a aussi survalorisé le progrès technique; certes, il montre notre capacité à appréhender et à régir les éléments naturels, à les modifier. Mais suffit-il à certifier que je pense? Et par suite que je suis? Bien sûr! Je n'ai qu'à me rappeler de la bombe au napalm, d'Hiroshima et de Garcia Lorca à cinq heures de l'après-midi. "*Et c'est depuis lors qu'ils sont civilisés...*"
Le problème est de savoir si les sciences dures permettent de montrer mon aptitude à penser. Ou, si l'on préfère, si l'on peut les ranger dans la catégorie de ce qui prête à réfléchir; pour ma part, je ne crois pas. Il s'agit de l'étude

de plus en plus sophistiquée, et qui somme toute a suivi un rythme normalement lent, des phénomènes naturels, de la dissection (XVème siècle) à l'opération à coeur ouvert, de la vapeur à la voiture, puis à la fusée, du feu à la poudre, de la lunette astronomique de Galilée au microscope ultra-moderne, etc... Tout cela reste des occupations mécaniques.

Je cesse d'exister quand je n'entends plus mon robinet couler.

En fait, je me définis par ma conscience. C'est-à-dire mon Moi et mon Soi (partie immergée du Moi).

Mais, c'est le regard de l'Autre qui me donne conscience de Moi. On le sait, dans ce rapport, "*tout est langage*". Le langage est le produit fini de la nécessité. On a pu identifier un nombre élémentaire de mots chez les animaux. C'est le début de l'espéranto (source commune à toutes les langues humaines)...

Un pigeon n'a jamais passé de tests psycho-techniques, mais pour qu'il le puisse, cela supposerait non qu'il est une intelligence plus développée que celle qu'il a, mais qu'il en est une **comparable** à la notre. (L'intelligence est diverse, nous le savons pour être à MENSA).

C'est la conscience sociale qui fait de moi ce que je suis. J'entends par là non la conscience que la société a d'elle-même, mais la connaissance commune aux individus de même souche socio-ethnique; ce que les anthropologues appellent la "mémoire collective".

Ma conception du bien et du mal, mon langage, la signification de mes mots, mon instruction, etc... dépendent essentiellement de mon milieu social, de ma religion, de mon pays, de mon époque.

Par exemple, le discours nihiliste (au sens étymologique) que je tiens ici ne se conçoit justement que parce qu'ont existé l'anarcho-syndicalisme, l'existencialisme, et un sain scepticisme scientifique (la preuve en est que je n'ai pas lu les trois quarts des auteurs que je cite).

Montrant cette mémoire collective, Pascal, autre fameux mathématicen et "*glaireux blaireau*" avec Descartes, qui était toujours au four et au moulin (paix à son âme), disait aussi bien "*l'homme est un roseau pensant*" que, sorte de clone de Thomas A. Kempis, "*le coeur a des raisons que la raison ne connaît pas*" (privilégiant ainsi la foi innée sur la foi réfléchie; l'on sait que *croyance* a la même étymologie que *crédulité*). Le sentiment, depuis le romantisme, est aujourd'hui encore privilégié sur la réflexion.

Donc, je ne me définis que par le souvenir; de plus, ce n'est pas le mien, il est rapporté. Or, le souvenir, par essence ductile, reste un fantôme. J'en conclue, quitte à faire sourire, rougir ou rugir, que nous ne sommes que des ectoplasmes subjectifs. Je ne suis pas parce que je ne peux pas penser en termes objectifs (comme dirait Wordsworth, "*l'enfant est le père de l'homme*"). Je ne peux donc me définir, puisque cela présupposerait une supériorité dialectique de départ de ma conscience sur mon être.

Je ne suis pas un *homo sapiens sapiens*.

Je ne suis qu'une "*vieille carlingue déglinguée*" (H.F. Thiéfaine), mais *çà*, çà veut dire que je *suis*, car, quoiqu'on en dise, l'*homo sapiens sapiens*, comme ils disent, est plus bête qu'il n'est Dieu.

(Peur de prendre la plume. Pour la première fois de ma vie, j'écris vraiment dans l'urgence. En même temps, je sens en moi l'excitation du vide, l'appréhension du néant et la fascination de la chute. J'ai été élevé dans des mythologies d'un autre âge, qui n'étaient pas les miennes. A vrai dire, je ne sais pas très bien ce que vaut ma prose. Mais, comme Philippe Caubert ou Christine Angot, j'ai l'outrance ou l'intérêt de revenir sur moi, pour faire entrer la vie dans l'écriture. J'écris peut-être contre l'anecdotisme de la littérature de mon époque, en France. De Porfirio García Romano cependant, j'ai appris le collage gratuit, la forme pour la forme et l'élévation du mal-dit, du mal-fait au rang d'art à part entière. Aussi de José Coronel Urtecho.

Faute d'avoir la patiente ou la capacité de disserter sur ma vie pour l'expliquer ou de la raconter en mémoires longues et précises, je préfère tenter les collages. Plasticien avant qu'écrivain, je tente de me regarder, ou moins de me retrouver, dans ces bribes de moi que je lance, en un ultime chant du cygne, avant la chute finale, imminente.

Si j'avais inventé ces morceaux de moi, j'en serais fier, sûrement, mais ne faisant, en somme, que les organiser, depuis mes disquettes de dix ans en arrière, je revois défiler ma vie, et me demande comment ne pas faire dans la mauvaise sensiblerie, dans la mythologie de soi?

J'écris comme en peur du vide, et je sens que les mots sont insuffisants à mon style, comme un carcan inéluctable, avec lequel parfois j'ose tergiverser, en borborygmes et loghorrées à la Céline ou à la Artaud, à la radio, par peur de trop bien lécher ce que je veux dire, et, surtout, parce que ce poids, si lourd, de ce qui je porte me rattrape plus vite que ne vont ma pensée et mes doigts, alors je crie, je crie mes phrases, des mots sans suite, grotesques et pathétiques, mais tellement plus à moi, alors.

Ce soir, à la télévision, j'ai vu rire l'une de ces belles «écrivaines» sans talent ni complexe, éditées au nombre de fois où elles rejettent en arrière leur chevelure, jugées à l'art qu'elles y mettent, Miss France de la littérature ou des sciences humaines, celles qui au CAPES viennent en minijupes. Elles le font toutes.

J'aimerai partager leur joie indifférente, leur bêtise de bon ton. Mais je ne suis pas femme, je ne suis pas pute. Ni le fils de quelqu'un d'important, non plus. N'en déplaise à mes parents. Je ne suis qu'une «pauvre gen», et voilà, rien de plus. Le succès et les étales des libraires sont pour une autre oligarchie, aujourd'hui, enfin, je l'ai compris.

Et il jura…

Je sens parfois que je frôle l'inspiration, mais le poids de ma *forme - Yo persigo…*, j'ai eu un doute en l'écrivant: j'en perds mon espagnol à force d'être ici -, comme mon corps, toujours me rejette en bas.

Ce soir, le téléphone débranché, une fois de plus face à une tentative échouée pour être autosuffisant, ici pour m'auto-publier, finalement, en désespoir de cause, n'osant même plus appeler ceux que je connais, de peur de ne pas entendre ce dont j'ai besoin, de sentir en mes paroles leur néant m'assommant, leur ennui de m'écouter (les cris de ma mère aussi me font peur - ce soir j'ai vu *The Basketball Diaries*, comment une mère peut-elle fermer la porte à son enfant? -), leur volonté de ne rien faire, simplement; simplement, j'ai peur que mon père meurt.

Par égoïsme, je crois.

M'aime-t-il, d'ailleurs? Je dois bien dire que je ne le crois pas.

Peu importe. Je me lance, une fois de plus pour tuer la nuit, et devancer le petit matin, le recréer, dans cette entreprise hasardeuse de revenir sur moi.

Moi qui suis toujours le plus fier…)

Très chère Béatrice,

Je vous prie de croire que je suis désolé de vous écrire aussi tardivement, mais j'avoue avoir dû surmonter le doute de la page blanche, et plus encore de l'inconnu. Je m'excuse également, encore une fois, de ne pas vous manuscrire ma lettre, mais comme je vous l'ai dit, j'ai une écriture exécrable. Je sais comme il peut être décevant, et même énervant, de ne pas connaître l'écriture de son correspondant. On a l'impression d'avoir affaire à un masque. Mais au fond, ne nous cachons-nous pas tous sous divers masques?

Vous-même êtes pour moi une véritable énigme. Vous portez d'ailleurs très bien votre nom; comme Dante j'avance à reculons vers votre lumière, mais vous restez toujours obscure à mes sens. Je vous écris sans rien savoir de vous, sinon la description que vous avez faite dans votre portrait (blonde, yeux gris, belle). Sans savoir vraiment ce que vous aimez, ce que vous faites, ou rien qui vous concerne directement. Même lorsque vous m'écrivez vous vous cachez derrière d'illustres citations. Votre portrait vous décrit aussi comme mystérieuse; on ne saurait mieux dire. Et pourtant vos mots, vos idées, et parfois vos réactions me paraissent si proches que j'ai l'impression en fermant les yeux de pouvoir toucher votre ombre du bout des doigts et butter contre toute la consistance de votre être, ou bien encore sentir la fragrance de votre parfum. Je ne sais d'où me viens qu'il me semble vous connaître, malgré que vous restiez encore immatérielle à mes yeux. en cela certainement vous êtes ma Béatrice, et j'aimerais être votre Dante.

Vous m'avez demandé de vous parler du bonheur. Je voudrais vous demander de me parler de vous. Comme Cyrano, je m'entretiens avec vous, mais comme Roxane cachée par l'ombre des buissons de son balcon, vous m'échappez. J'espère seulement que la fin de mon aventure sera plus heureuse que celle d'Alcée avec Sappho.

J'espère que vous me permettrez d'un peu mieux vous connaître, et de briser le miroir qui nous retient chacun d'un côté de la vie.

Acceptez donc de ne plus être seulement pour moi une Sphynge, mais de devenir, si vous y consentez, ma "dame de Haute-Savoie". Votre très dévoué,

Très chère Soazig,

J'ai bien reçus ta lettre. Excuse-moi de ne pas manuscrire ma lettre, mais j'ai ce qui s'appelle une véritable écriture "de cochon", et je préfère ne pas te l'infligée, d'autant que, par expérience, je sais qu'elle est quasiment indéchiffrable par tout autre que moi. C'est donc pour un problème de lisibilité de que je me permets de taper ma lettre. J'espère que tu ne m'en voudras pas.

Je m'excuse aussi de te répondre avec autant de retard. J'espère que tu ne m'en tiendras pas rigueur, mais je cherche en ce moment un peu plus mes mots que d'habitude, car, après les avoir données à lire à mes directeurs, je suis en pleine réécriture de mes thèses, ce qui n'est guère facile. Je sais que cela n'est pas une excuse, mais y mettre la dernière main est un véritable travail de titan.

Mais revenons à toi. Il est vrai, comme tu le dis dans ta lettre, que notre âge et notre lieu de résidence sont fort "distants" les uns des autres. Mais je crois que cela n'est pas forcément un handicap et, comme je te l'avais écrit sur minitel, j'aime bien les femmes de décisions, et tu sembles en être une.

J'aimerais bien qu'on fasse connaissance. Veux-tu me parler de toi, de tes goûts, de ta vie?

Moi, en ce moment, comme je te l'ai dit, la mienne est toute entière occupée par la relecture et la réécriture de mes thèses. Je vais quand même au cinéma, au moins une fois par semaine, car j'adore ça. J'ai bien aimé bien les films comme "Drop Zone", "Harcèlement" ou "Richard au pays des livres". Tu vois que c'est assez éclectique. Je ne sais pas si tu aime aussi le cinéma? La musique?...

Je t'embrasse en espérant avoir bientôt de tes nouvelles,
P.S.: Je te souhaite aussi une bonne et heureuse année 1995.

Très très chère Béatrice,

J'ai bien reçu votre lettre, et suis à la fois très touché et honoré de l'intérêt que vous portez à mon modeste courrier. Je suis un mauvais épistolier. Je m'excuse encore une fois de ne pas vous avoir répondu avant. Décidément, je vous fais toujours attendre. J'espère que vous ne m'en tiendrez pas rigueur, mais je cherche en ce moment un peu plus mes mots que d'habitude, car, après les avoir données à lire à mes directeurs, je suis en pleine réécriture de mes thèses, ce qui n'est guère facile. Je sais que cela n'est pas une excuse, mais y mettre la dernière main est un véritable travail de titan.

Mais revenons à vous. Je suis très sensible à vos mots et à votre intelligence. Je voudrais vous dire que je vous comprends et que, dans une certaine mesure, il est vrai que je partage votre vision des choses. Il est juste que le monde tourne mal et que la lucidité peut faire mal. Comme disait je ne sais plus trop qui, il faut être ivre, et je crois - je suis même sûr - que cette ivresse dont il parlait n'est que la fuite vers un ailleurs que l'on voudrait meilleur. C'est pourquoi je comprends votre besoin de chercher une transcendance hors des mots et des choses telles qu'elles nous apparaissent continuellement.

Cependant si, comme vous, j'aime cette recherche permanente - et peut-être tragique - d'un monde meilleur (pour reprendre les mots de Thiéfaine, qui "recollerait du soleil sur nos ailes d'albatros"), je crois, comme je vous le disais dans ma petite correspondance, qu'on se construit aussi dans le quotidien.

Ne vous méprenez pas, je ne compare nullement vos mots, qui me font tant frissonner, ni vos aspirations, que j'admire véritablement, avec ce misérable quotidien que la vie nous impose. Non!, ce que je veux dire par là, c'est que j'aimerais vous connaître mieux. Je crois, et c'est cela que je veux dire, que l'on ne peut s'aimer seulement au travers d'idées - même si je pense qu'elles sont primordiales pour former ensemble une communauté harmonieuse d'envies et de joies -. Je crois que c'est par l'anecdote que l'on peut se rapprocher l'un de l'autre et devenir plus que de simples amis ayant les mêmes idées.

Je ne vous connais pas, Béatrice, mais si votre portrait sur minitel correspond à votre physique, et si vos mots rendent une vraie image de ce que vous êtes et de ce que vous pensez - cogito ergo sum -, je pense que je pourrais très facilement m'attacher à vous, et je crois même que cela est un euphémisme. Mais, je vous en prie, Béatrice (excusez-moi de répéter ainsi votre prénom, mais c'est qu'il est si doux à mon oreille que rien qu'en l'écrivant, je peux en entendre le son), je vous en prie donc, Béatrice, très très chère Béatrice, laissez-moi vous connaître. Parlez-moi de vous, de ces petits riens qui vous ont faite ce que vous êtes. De vos joies, de vos peines, de votre vie, de votre travail si vous en avez un, de votre enfance si vous le voulez. Je suis tellement impatient de mieux vous connaître, de tout savoir de vous.

Alors, à très bientôt, très chère Béatrice. Ecrivez-moi sans plus attendre, pour ne me parler que de vous, rien que de vous. A la fin de votre lettre, que j'ai lue et relue avec tant de bonheur (je vous remercie d'avoir pris votre temps et d'avoir aussi bien su choisir vos propres mots), vous me dites que je vous plais; permettez-moi donc de vous dire que vous me plaisez aussi. Je n'ose employer un mot plus fort, mais croyez bien qu'il m'effleure sans cesse les lèvres et que je dois me battre pour ne pas le laissez échapper. Très tendre Béatrice, mon cœur est à vos pieds.

Votre très dévoué,

Cher Bertrand,

J'ai bien reçu ta lettre, et je t'en remercie. Elle m'a fait très plaisir. Je n'ai pas souvent de vos nouvelles. Je suis content que tu ailles bien.

Tu m'excusera de ne pas t'écrire à la main, mais pour une longue lettre, tu n'aurais pas réussi à me lire. De plus, je suis habitué maintenant à travailler à la machine, et c'est pour moi plus facile. J'espère que tu ne m'en tiendras pas rigueur.

Je te remercie pour tes bon vœux de rétablissement, et j'espère moi-même également que tu t'es bien remis de tes pouces incarnés. Je crois, d'après ce que m'a dit Huguette, que tu t'es fait opérer en anesthésie locale? Tu as plus de courage que moi. J'aurais eu peur de sentir quelque chose.

Bien sûr, je serais très heureux de lire ton roman quand tu l'auras terminé. Je suis content de voir que tu t'intéresse à de bonnes lectures et que tu y prends goût.

Je ne sais pas si tu les as lus ou si je t'en avais parlé, mais je te conseillerais - ce n'est pas une obligation - de lire les contes d'Edgar Allan Poe et les nouvelles de Philip K. Dick. Je pense en effet, du moins d'après ce que tu me dis de tes écrits et d'après les noms de tes personnages, que les sujets de Poe te plairont. Ils mélangent aventure, peur, angoisse, fantastique et policier. Si tu décides de te les procurer, achètes plutôt l'édition de Poe chez Robert Laffont, en collection "Bouquins". Elle est un peu chère (un peu plus de 100 Frs), mais elle est au bout du compte plus avantageuse parce que c'est, à ma connaissance, l'édition la plus complète de son oeuvre. Si tu aimes ce qu'il écrit, et je pense que ce sera le cas, ça t'évitera de perdre ton argent à acheter chaque compilations séparément, ce qui de toute façon te reviendra plus cher. Si tu veux, tu n'as qu'à commencer par le lire en bibliothèque, et n'acheter l'ouvrage qu'après si tu trouve l'auteur intéressant.

En plus, l'édition chez "Bouquins" a l'avantage d'avoir un appareil critique développé (dates des premières publications, explication symbolique de l'œuvre, notes, bibliographie).

Dick, c'est un auteur de science-fiction contemporain très lu. Je n'ai jamais lu ses romans, mais ses nouvelles (en 7 volumes dans "Présence du Futur") m'ont beaucoup plus.

Connais-tu François Villon et Rutebeuf? Ce sont deux poètes très célèbres du Moyen Age français. Villon est célèbre pour sa "Ballade des Pendus" et aussi pour "La Ballade des Dames du temps jadis". Rutebeuf quant à lui, qui est l'inspirateur de Villon, a écrit un poème où il raconte l'histoire d'un paysan sur le point de mourir, et le Diable vient chercher son âme avec un grand sac, qu'il met derrière le derrière du paysan (parce que l'âme est censée s'échapper par les ouvertures du corps humain, en général la bouche ou les oreilles, mais aussi le derrière). Alors le paysan prend peur, et il se "lâche". Le Diable, tout content, persuadé d'avoir pris l'âme du paysan dans son sac, retourne aux Enfers. Là il ouvre sa besace, et l'odeur de chiasse se répand. Alors il jure, mais un peu tard, qu'on ne l'y reprendra plus.

Comme tu t'intéresses à la littérature classique, tu pourrais peut-être, si tu veux, lire les romans de la Table Ronde (aussi publié chez "Bouquins", sinon tu as les "OEuvres complètes" de Chrétien de Troyes, principal auteur du cycle de la Table Ronde, chez Gallimard, dans "La Pléiade", mais c'est très cher, plus ou moins 350 Frs). Tu sais, ce sont ces histoires de chevalerie (le roi Arthur, Lancelot,...), leurs batailles avec les Dragons, etc. C'est très proche de la science-fiction, c'est vraiment divertissant et en plus c'est de la culture classique. Dans le même genre, dans des collections de poche, tu as les "farces du Moyen Age", ce sont de courtes pièces de théâtre comique. Si tu aimes les comédies, tu pourrais lire Molière (mais tu as déjà dû le faire à l'école), Goldoni, Labiche et Courteline. Leurs textes sont en livre de poche. Tu as plusieurs pièces de théâtre dans le même volume, et je crois même pour chacun l'intégralité de leur production en deux ou trois volume.

Enfin, je te conseillerais, si tu aimes avoir peur, les nouvelles des auteurs romantiques, Guy de Maupassant ("Le Horla"), Villiers-de-l'Isle-Adam ("Contes cruels"), et Jules Amédée Barbey d'Aurevilly ("Les Diaboliques"). Lis aussi, toujours en "Bouquins", les "Romans terrifiants" et "Les Evadés des ténèbres". Ces volumes regroupent les plus célèbres romans de fantômes, de vampires,... Tu y trouveras "Dracula", "Frankenstein", mais aussi des ouvrages que tu ne dois pas connaître et qui sont des classiques, comme "Carmilla" (de Sheridan Le Fanu), "Le Golem" (de Meyrink), "Le Moine" (de Lewis)... Tu verras, c'est passionnant, il y a plein d'histoires de châteaux hantés,... Je suis sûr que ça te passionnera.

Si tu préfère les policiers. Tu as, dans le genre effrayant, l'intégralité des "Fantomas" (ce n'est pas du comique, comme avec De Funès, c'est vraiment des histoires macabres, comme "La main coupée" par exemple), et "L'étrange professeur Cornelius" de Gustave Lerouge. Et dans le genre plus subtil, tu as l'intégrale d'Arsène Lupin et d'un héros que tu ne dois pas connaître qui s'appelle Rouletabille. Ses aventures ont été écrites par un auteurs célèbre du début du siècle, qui s'appelle Gaston Leroux, et auteur aussi de nombreux récits d'angoisse ("Le cœur cambriolé", "La machine humaine"), que tu trouveras aussi dans la collection "Bouquins".

C'est une collection très intéressante, parce qu'elle regroupe plusieurs livres dans un même volume (d'où le prix, qui est très intéressant), et parce qu'elle réédite des classiques, souvent dans leur intégralité, que ce soit les romans de cape et d'épée, les récits de voyages des XVème-XVIIème siècles, quand les îles tropicales ont été découvertes, des romans terrifiants, des policiers...

J'arrête là, sinon tu ne sauras plus vers quoi te tourner, et tu n'as pas beaucoup d'argent de poche.

J'espère que ça se passera bien pour tes examens. Prépare-les correctement. Je sais que tu es sérieux, mais on n'ai jamais assez bien entraîné. Je pense qu'on se verra en mai, à moins que tu ai trouvé un autre modèle masculin? Tiens-moi au courant. Si je viens, je pense que je resterai un peu, si ta mère est d'accord, pour visiter et passer un peu de temps ensemble.

J'espère qu'à la maison tout le monde va bien, Régine, Jean, Diane, Bruno, Roucky, Cassis, la chienne et la lapine (j'ai oublié leurs noms).

Continue d'écrire. Je pense que tu as du talent, et en plus c'est bien pour toi et pour ton esprit. J'ai aussi remarqué que tu faisais beaucoup moins de fautes d'orthographe. Je te félicite. Continue aussi à lire, et profites-en le temps que tu en as le goût. C'est à ton âge qu'on dévore un peu tout, après on devient blasé. C'est la vie qui veut ça.

Ah oui, je temps que j'y pense, je t'avais parlé de groupes de disco quand j'étais venu, car je crois que tu aimes ça. Je te les donne au cas où ça t'intéresserait: Cool & the Gang, Boney M, Cerrone.

Je reviens à ce que tu écris. On verra si on arrive à le faire édité. Mais malheureusement je ne connais pas vraiment de gens (pas encore en tous les cas) et dis-toi que c'est très difficile.

Comme je te l'ai dit, je serais très content de lire ton roman si tu veux bien me l'envoyer.

Mais tu sais, ne te base pas sur l'avis des autres. Il y a un célèbre poète allemand, Rainer Maria Rilke, à un qui un jour un jeune homme écrivit pour lui demander conseil, et Rilke, dans un livre qui s'appelle "Lettres à un jeune poète", lui répondit que, si le matin quand il se lèvait, le jeune homme sentait le besoin irrépressible d'écrire, alors c'est qu'il était un poète.

Je veux dire que, même si j'accepte volontiers l'honneur que tu me fait de lire ta production et de te dire franchement ce que j'en pense, et je le répète je crois que tu as beaucoup de talent, mes remarques ou suggestions n'impliqueront jamais que moi. C'est toi l'écrivain. Ta façon d'écrire, t'est intimement liée. Elle vient de ta propre histoire. Il est vrai qu'il y a des codes à respecter. Mais il me semble que tu en as assimilés beaucoup. Déjà il faut faire des phrases courtes (ce que tu fais). Je te le dis parce que moi ça m'a posé des problèmes et certains auteurs ont tendance parfois à abuser (comme moi) des parenthèses et des phrases trop longues. Stephen King par exemple, je pense que tu as dû le remarquer.

Malheureusement, je n'ai rien à t'envoyer de moi cette fois-ci. J'ai fait un article sur "Le Prisonnier", c'est une série de science-fiction des années 1970. Je ne sais pas si tu la connais. Tes parents devraient au moins en avoir entendu parler. Ou sinon demande autour de toi, quelqu'un doit bien la connaître. Mais pour l'instant seule la première partie est publiée. La deuxième le sera dans les deux-trois mois qui viennent. Si elle l'est avant que je vienne chez vous, et si j'y pense, mais tu pourras me le rappeler si tu veux, je te l'emmènerai dans son intégralité. Pareil pour des traductions de poèmes nicaraguayens que j'ai faites, et qui sont en cours de publication.

Je te souhaite bon courage pour la préparation de tes examens, et j'attends bientôt de tes nouvelles. Gros bisous, ton oncle,

OBJET: RECLAMATION ET DEMANDE D'AIDE

N'arrivant jamais à vous joindre par téléphone, je me vois contraint de vous écire.

J'ai 26 ans et suis actuellement en deuxième année de doctorat d'Histoire de l'Art à l'Université de Besançon et en deuxième année de doctorat de Littérature Comparée à l'Université d'Orléans.

Jusqu'à présent mes parents subvenaient à mes besoins. Malheureusement, il sont maintenant à la retraite, et suite à de graves problèmes financiers, en situation de surendettement et il y a arrêt sur leur salaire. Ayant appris cela récemment, j'ai demandé à l'ANPE si je pouvais bénéficier des ASSEDIC, mais celle-ci m'a répondit que, comme je n'ai travaillé que deux mois dans toute ma vie (hors mois d'armée), je ne pouvais pas y prétendre.

Suite à cela, j'ai fait une demande de RMI en Octobre dernier, mais ce n'est qu'en décembre que Mme Delaie, l'assistante sociale du Chesnay, m'a reconctaté, et ce pour me dire de chercher plutôt une aide du côté des universités. Vous vous doutez de la situation dans laquelle se retard peut me mettre.

Bien sûr, les universités n'ont fait que me confirmer ce que je savais déjà: je n'ai droit à aucun type d'aide, du simple fait qu'il n'en existe pas en doctorat.

Lorsque j'ai recontacté Mme Delaie, sa mauvaise volonté n'a fait que s'épanouir, bien que je lui ai explicitement dit que j'étais en recherche d'emploi et montré quelques unes des réponses négatives que j'avais reçu.

Je suis donc dans la situation suivante, qui me paraît assez lamentable, si ce n'est grotesque: mes parents sont surendettés et obligés de continuer à me verser une somme dérisoire, mais néanmoins lourde pour eux; je n'ai droit à aucune aide des universités, je ne trouve pas d'emploi et Mme Delaie me refuse toute aide, sous prétexte que je suis étudiant, et ce bien que je lui ai fait savoir que j'avais fait des demandes pour être maître auxiliaire de collèges et lycées, et envoyé diverses autres demandes à divers organismes culturels, et que, par conséquent, mon statut d'étudiant - qui, je le sais, ne m'ouvre droit à aucune aide - passe par le fait au second plan. En d'autres termes, je cherche à travailler, et mes études n'ont plus à être prises en compte.

C'est pourquoi je me permets de vous écrire pour vous demander quoi faire? Dois-je vraiment attendre d'être mis à la rue ou bien dois-je essayer d'apitoyer les journaux pour enfin avoir une aide? Car enfin, bien que cherchant un emploi, et ayant les preuves attestant de cette recherche, le fait de vouloir poursuivre parallèlement mes études doit-il m'imposer une sanction rédhibitoire? Cela me paraît curieux, d'autant que j'essaye en ce moment de préparer le CAPES de Lettres et l'Agrégation de Philosophie, or il me semble bien que pour bénéficier du RMI les jeunes doivent prouver leur bonne volonté en suivant des stages, formations, etc. Pourriez-vous alors m'expliquer comment il se fait que les formations minimales sont prises en compte pour avoir le RMI, alors que la volonté d'aller plus loin sans avoir jamais demandé jusqu'ici aucun type d'aide (même pas les bourses universitaires auxquelles je pouvais prétendre jusqu'au DEA, puisque je vis seul et suis non imposable) me sont reprochés et me portent préjudice? Y aurait-il deux poids deux mesures dans les aides à caractère social? Et, si oui, je réitère ma question: dois-je aller pleurer auprès des journaux, ou bien attendre d'être expulser de mon studio quand je ne pourrais plus le payer pour avoir droit à quelque chose? Il me semble que, si la réponse à cette double question est oui, les assistants sociaux que vous employé devraient réfléchir à ce vieil adage: mieux vaut prévenir que guérir.

Dans l'attente d'une prompte réponse, je l'espère suivie d'une aide tangible de la part de vos services sociaux (et non plus de leurs habituelles pirouettes), sincèrement vôtre,

Le présent travail est une réflexion sur la mythologie de la femme au XIXème siècle et, consécutivement, sur le rôle de la féminité dans la dialectique de l'art à cette époque. Grâce à la critique de Géricault, le statut de la femme est élucidé comme étant l'image de la créativité artistique, sublimée dans son aspect de "*vivant symbole de la patrie*", qui, en tant que *génitrix*, fait qu'"*un pays ne peut mourir*", comme l'écrit Michelet dans son *Géricault* (Caen, L'Echoppe, 1991, pp. 22 et 41).

The present work is a reflexion on the XIXth century's mythology of the woman and so, on the feminity roll in the art's dialectic during this period. The litterical statute of the woman will be elucidated, owing to the Gericault's critic; it's the image of the artistic's creativity, sublimed in its roll of a "*vivant symbole de la patrie*", in so far as *genetrix* which made that "*un pays ne peut mourir*", as Michelet wrote in his *Gericault* book.

Le présent travail vise à expliciter la vision que Barthes avait de l'art par la référence à quelques ouvrages caractéristiques de la tradition littéraire et philosophique du XXème siècle. Il apparaît ainsi que pour Barthes, l'art, mouvement centripète de l'âme, s'oppose à la littérature qui serait centrifuge de par son essence illocutoire et en tant que conceptualisation des pulsions que représente l'art. Plus globalement, ceci permet d'ouvrir une voie au questionnement sur les processus de création de la théorie esthétique.

The present work try to explain the vision which Barthes had on art, owing to some books which seem to be caracteristics of the XXth century's litterical and philosophic tradition. So it appear that Barthes thought the art, in so far as a centripetal movement of the soul, is opposed to the litterature which would be centrifugal, because of its illocutory's essential being and in so far as a conceptualisation of the impulses that art means. More generally, this permits to wonder oneself about the creation's process in the aesthetical theory.

PROPOSITION DE THESE SUR LA *MELANCOLIE I* DE DURER COMME IMAGE DE LA FORTUNE

I/ a/ Comment la Fortune est une divinité très secondaire chez Panofsky, cf. *Good Government or Fortune*, pp. 305 à 326 *in Gazette des Beaux Arts*, Déc. 1966.

b/ Les circonstances de l'étude de la mélancolie par Panofsky, Saxl et Klibansky, cf. Robert Klein, *Saturne: croyances et symboles*, pp. 224 ss. *in la forme et l'intelligible*, Paris, coll. "Tel", Gallimard, 1970.

II/ a/ Etude de *Saturne et la Mélancolie* par Panofsky, Saxl et Klibansky.

b-1/ Etat du sujet depuis, autres ouvrages, constat du peu de variation dans les différentes interprétations de la *Mélancolie I* de Dürer depuis les travaux de Panofsky (de *Saturne et la Mélancolie à la vie et l'art d'Albrecht Dürer*).

b-2/ La fortune critique de Dürer et les interprétations de la *Mélancolie I* aux XVIème, XVIIème, XVIIIème et même XIXème siècles.

III/ a/ Etude des représentations et de la littérature de la mélancolie, jusqu'à Dürer.

b-1/ Idem pour la Fortune.

b-2/ Etude du lien entre le thème de la Fortune, celui du Destin et la "dialectique" de l'iniquité des hommes punie par Dieu à la fin du M.A., dûe aux "malheurs des temps" et cause du développement du thème de la Fortune au XVIème, cf. Boccace, *le Décaméron*; Savonarole; les oeuvres de Giovanni Bellini; les mythographes du XVIème: Ripa, Cartari, Gyraldi, Boccace, Conti, Alciat, et même Erasme; cf. aussi les travaux sur le sujet de Lucie Galacteros de Boissier et Yves Giraud.

IV/ a/ Place de la *Mélancolie I* dans la vie et l'oeuvre de Dürer.

b-1/ Etude du rôle du symbole dans l'oeuvre de Dürer.

b-2/ Récurrence des motifs dans l'oeuvre de Dürer: exemple du casque ailé du *Der Hercule* qui se retrouve dans *le Petit Cheval*; des yeux de flammes de *la Vision des Sept Chandeliers* qui se retrouvent dans *Sol Justitiae*; étude du rapport sémantique à en tirer.

b-3/ Récurrence des thèmes macabres et des représentations de la Fortune (*Der Grosse Fortuna*) dans l'oeuvre de Dürer; (et dans *le Songe du Docteur*, le putto a encore les attributs de la Fortune); étude du rapport sémantique à en tirer.

V/ a/ Récurrence des motifs entre la *Mélancolie I* et d'autres oeuvres de

Dürer: les "arma christi" (échelle, marteau, pince) de *la Messe de Saint Grégoire*; le soufflet *der Traum der Doktors*; étude du rapport sémantique à en tirer: la *Mélancolie I* peut représenter l'espace de la divinité.

b/ *Mélancolie I* et *Géométrie*: Dieu géomètre. Attestation du rapport par le corpus iconographique de *Saturne et la Mélancolie*.

c/ La vision et le souffle (soufflet, cf. *le Songe du Docteur*) inscrivent dans l'espace divin, cf. Klein, op. cit., *spirito peregrino* et *l'imagination comme vêtement de l'âme chez Ficin*, pp. 31 à 88.

d/ La *Mélancolie I* est ailée, donc divine, cf. Ficin, Pic de la Mirandole et Panofsky. Etude de la couronne de la *Mélancolie I*.

VI/ a/ Jeu entre les attributs de la Mélancolie et le symbole "autre" dans la gravure.

b-1/ Etude du titre *Mélancolie I*, qui relève du concept et non de l'illustration allégorique (du thème), cf. Claude Brémond, *le thème en littérature, in Poétique*, article récent.

b-2/ Dans la *Théologie Platonicienne* de Ficin, la première forme de mélancolie (la Mélancolie I) est celle qui permet d'accéder au divin (sur le mode en quelque sorte de l'Union divine); il n'y a pas, malgré ce que dit Panofsky, de réelle distinction pour Ficin entre les trois formes mélancoliques.

c/ La sphère, attribut constant de la Fortune (sauf dans le Tarot de Mantegna), cf. Van Marle, *Iconographie de l'art Profane*; etc...

VII/ a/ Insistance sur le destin et la mélancolie comme moyen d'accéder à la vision divine dans *la Théologie Platonicienne* de Ficin, reprise par Agrippa dans *la Philosophie Occulte*.

b/ La sphère de bois tournée image divine chez Ficin, op. cit.

c-1/ Etude des cinq corps solides du *Timée* chez Platon.

c-2/ Idem dans les *Vanités* en camaïeu et trompe-l'oeil du XIVème s.

d-1/ Reconnaissance du rhomboèdre par Ghyka *in Philosophie et Mystique du Nombre* et *in Esthétique des Proportions* comme un dodécaèdre, un des 5 corps platoniciens, image de la Création.

d-2/ Confirmation dans *Les Ambassadeurs* d'Holbein.

d-3/ Symbolique et récurrence du dodécaèdre chez Holbein.

e-1/ Origines, culte et représentations du dodécaèdre, cf. Lucien Gérardin, *Le Mystère des Nombres*, Paris, coll. "Horizons ésotériques", Dangles, 1985, pp. 88 ss. et Chevalier et Gheerbrant, *Dictionnaire des Symboles*, Paris, coll. "Bouquins", Flammarion/Jupiter, 1982, pp. 361-362.

e-2/ Le dodécaèdre, la catoptrique et les progrès de la science, notamment de la perspective, cf. Dürer, *Underwensung der Messung,* et Baltrusaitis, *Le Miroir,* chez Flammarion.

e-3/ Etude du reflet dans le dodécaèdre.

f/ Le dodécaèdre "échelle de Jacob".

g/ Le dodécaèdre et le rocher de Fortune, cf. *le Roman de la Rose,* ses antécédents (*l'Anticlaudianus* d'Alain de Lille), sa postérité (Christine de Pisan, etc...) et les mythographes (Ripa).

VIII / a/ Saturne, être divin et père de Jupiter, cf. Ficin et Pic.

b/ Ré-identification du creuset, d'après *Saint Jacques et le Magicien Hermogène* de Bruegel l'Ancien. Creuset alchimique des sacrifices d'enfants, cf. Roland Villeneuve, *la beauté du Diable,* 1983.

c-1/ La *Mélancolie I* et les symboles de Chronos.

c-2/ Absence d'heure sur le cadran solaire du sablier, d'où réalité de la représentation d'un espace intermédiaire par la gravure.

c-3/ Etant à moitié vide (ou plein), le sablier confirme encore que la gravure se situe dans cet espace intermédiaire entre l'humain et le divin.

c-4/ Les visions dans l'oeuvre de Dürer, cf. *le Déluge.*

c-5/ La comète, reproduite dans la *Mélancolie I.*

c-6/ Sa symbolique: dans Ficin, op. cit., la lumière divine éclaire les ténèbres.

IX / a/ Rapport entre *Saint Jérôme dans sa cellule, Mélancolie I* et *Le Chevalier, la Mort et le Diable*: trois images de la Vanité et du "miles christianus", cf. Panofsky.

b-1/ Donc pourquoi sur 2 images de l'Eglise victorieuse, une image serait celle d'une maladie psychique provoquant la prostration? Cf. *Saturne et la Mélancolie.*

b-2/ Etude du "studiolo", cf. Chastel, *Mythe et Crise de la Renaissance,* Genève, Skira.

b-3/ Etude succincte de la vie et l'oeuvre de saint Jérôme?

b-4/ Le putto est dans la position du scribe; étude du rôle et de la représentation du scribe dans la tradition médiévale.

c/ Insistance inhabituelle chez Panofsky de l'interprétation sentimentale de la *Mélancolie I*; marque de son échec dans l'interprétation de l'oeuvre?

d-1/ La *Mélancolie I* image de la divinité: lien à l'illustration de *la Philosophie* d'après Boèce.

d-2/ La *Mélancolie I* figure lunaire, opposée à la solaire de *Saint Jérôme,* cf.

Panofsky; d'où étude du lion et du lévrier endormis comme psychopompes sur les gisants.

e/ Les arma christi dans la gravure, dont les 3 clous dans la position caractéristique, les pieds joints.

f/ Le compas, lien entre l'artisan (Dürer) et le "géomètre" de l'Univers.

g/ Le putto souvent adjoint à la Fortune, cf. Ripa, les mythographes et G. Bellini.

h/ La meule, qui double la sphère (cf. la roue ou la sphère de la Fortune).

i/ Moins d'insistance chez Ficin que chez Panofsky sur la Géométrie dans le passage sur les mélancoliques, et absence de la représentation de l'art graphique dans l'oeuvre parmi les 7 arts Libéraux.

j/ L'art du géomètre et Dieu, cf. Brant, *la Nef des Fous* et illustrations de Dürer (?).

k-1/ Les clefs et la bourse, images du pouvoir et de la richesse, cf. Ficin dans cette interprétation des deux objets donnée par Dürer lui-même.

k-2/ Désinterprétation par Panofsky, la richesse devenant l'avarice.

k-3/ Liens textuels et iconographiques entre Plutus, Ignorance, Mort et Fortune, cf. Dante, *la Divine Comédie*; Villon; Machaut, *le Remède de Fortune*; Mantegna; Rosso; et Panofsky, *la boîte de Pandore*.

k-4/ Pouvoir humain égale pouvoir divin, cf. Pic et Ficin, op. cit.; richesse égale Fortune, cf. Boèce, *la Consolation de Philosophie* par exemple et article de Panofsky sur Rubens, op. cit.

l/ La balance, attribut divin, cf. *les Quatre Cavaliers de l'Apocalypse* de Dürer. Etude de cette optique du Jugement Dernier.

X/ a-1/ Yeux levés et poing fermé de la *Mélancolie I*.Interprétation divergente de l'acedia - mélancolie.

a-2/ Etude de la "geste" médiévale et des ouvrages l'interprétant.

b-1/ La *Mélancolie I*, réflexion sur le divin, reprise par l'iconographie baroque, comme le type de *Saint Jérôme* et ses outils de chirurgien. Interprétation. La fortune critique au XVIIème de la *Mélancolie I*.

b-2/ La cloche de la *Mélancolie I* est celle de l'ermite; cf. le *Saint Jérôme* et Antoine (Chastel *in Fables, Formes, Figures* reconnaît un antonin dans un mélancolique, grâce au "tau" de l'Ordre sur son vêtement), cf. les *Tentations de saint Antoine* où il est le "miles christianus" et "parèdre" du Christ, cf. Villeneuve, op. cit., et *la boîte de Pandore*, op. cit.

c/ D'après les textes, la Mélancolie est en haillons, celle de Dürer non, est-elle à opposer à la *Grosse Fortuna*? Elle est autre face (jeune) de Fortune, la Bonne Fortune, celle qui "équivaut" à la Providence divine. Cf. Lucie Galacteros et Yves Giraud.

d-1/ La *Mélancolie I* portrait de Dürer?

d-2/ La *Mélancolie I* réflexion sur le pouvoir et la vocation de l'artiste. Vision autobiographique, cf. Panofsky.

d-3/ Différence de la considération du statut de l'artiste entre Platon (*République*, X) et le néo-platonisme.

.XI/ a/ Le carré magique de Jupiter est celui dit de "la Grande Fortune".

b/ Etude de sa conformation, qui reproduit plusieurs fois le chiffre 17, celui qui symbolise Dieu.

c/ Pourquoi Dürer choisit-il la forme du carré de Paracelse? Etude des enseignements de Paracelse.

d/ Le carré peut, en liant les différentes parties correspondantes rendre un dodécaèdre, d'où rapport à étudier.

e/ Dans l'optique d'une gravure autobiographique, les nombres du carré sont ceux de la représentation de l'homme dans le cercle, étalon de l'Univers, cf. le Général Cazaras sur *le carré magique* et le dessin par exemple du *Traité de la Peinture* de Léonard de Vinci.

f-1/ Une aile de la *Mélancolie I* touche le 1 (chiffre de l'Unité divine) du carré, l'autre le sablier.

f-2/ Son regard est dans l'axe du "i" du motto.

f-3/ La chauve-souris est hybride; dans les *Bestiaires*, elle est l'image du démon, et elle semble s'enfuir, brûlée par le regard "divin" de la *Mélancolie I* et l'apparition de l'astre derrière. Elle est dans la même position que les démons des *Tentations de saint Antoine*, cf. *la Tentation* de la *Vita Antonii* de Lyon, 1555; d'où un, perspective psychomachique, deux, lien aux *Tentations*, d'ailleurs, le *Saint Michel combattant le Dragon* de Dürer reprend le type cyclique et l'iconographie des démons des *Tentations* du type de celle de Schongauer.

XII/ Conclusion:

a/ Le titre *Mélancolie I* reproduit l'état d'âme permettant la vision divine.

b/ La figure féminine, ailée et couronnée (ce que n'est jamais la Mélancolie), est cette image intermédiaire saturnale, pas Dieu mais Sagesse ou Providence divine, en ce qu'il est antérieur au créé et postérieur au Créateur, exactement ce que *la Bible* dit de la Sagesse et Pic dans son *Commento* de Saturne.

c/ La gravure est une réflexion autobiographique, à la suite de Ficin et du néo-platonisme, sur l'artiste, créateur comme Dieu, une réflexion sur la Création humaine et divine, et un parallèle dans le goût Renaissance entre microcosme (l'homme) et macrocosme (Dieu et sa création, l'Univers; cf. Maurice Scève, *Microcosme* ou Hildegarde de Bingen, *Les Visions*, par exemple).

OBJET: RAPPEL DE DEMANDE DE RMI

Suite à ma lettre du 07/02 et toujours sans nouvelles, je me permets de vous recontacter afin d'obtenir le RMI. Comme je vous l'indiquais dans ma lettre, j'ai 26 ans et suis à la recherche d'un emploi. N'ayant jamais travaillé, je ne peux pas prétendre aux ASSEDIC. Aussi je crois devoir pouvoir bénéficier du RMI. Faute de pouvoir l'obtenir par le biais de Mme Delaie, assistante sociale du Chesnay, malgré le surendettement de mes parents et le fait que je n'ai pas de revenus propres, je m'adresse à vous et vous rappelle l'urgence de ma situation.

Veuillez agréer l'expression de mes sentiments les meilleurs,

Très chère Soazig,

J'espère que tu ne m'en voudras pas de t'avoir tant fait attendre ma réponse. Mais ta lettre est arrivée quand j'étais chez mes parents, et je viens juste de rentrer chez moi. Je pensais y séjourner moins longtemps, et puis finalement j'y suis resté un mois.

Ta lettre m'a fait très plaisir, comme tu peux t'en douter. Je regrette simplement que tu ne me parle pas plus de toi.

Tu m'a demandé de te parler de mes goûts. Je n'ai pas de parfum attitré, mais je mets Scorpion, Wild Country et ce genre de parfums que je trouve à la fois discrets, musqués et agréablement "capiteux".

Les livres et les films que j'ai aimé sont nombreux, mais pour les livres, ceux qui m'ont le plus marqué sont les pièces de Sartre, Goldoni, Molière, Cocteau et Montherlant, les nouvelles de Maupassant, Dick, Kafka, Gogol et Jean Ray, ainsi que des romans comme "Minuit" de Julien Green, "Farheneit 451" (je ne suis plus sûr de l'écriture) de Bradbury. J'aime bien aussi ce qu'écrit Stephen King. Mais d'une façon générale, je préfère les textes courts (je ne suis pas assez patient pour lire de longs romans). Malgré tout, j'aime bien lire les romans policiers d'Agatha Christie, Conan Doyle

(Sherlock Holmes), Maurice Leblanc (Arsène Lupin), Gaston Leroux (Rouletabille) et Mary Higgins Clarke.

Pour les films, j'aime bien les films français de l'entre-deux guerre ("la kermesse héroïque", "les visiteurs du soir", "l'assassin habite au 21", les films avec Fernandel, ceux de Pagnol et Guitry, etc.), ainsi que les films américains contemporains (les westerns - surtout avec John Wayne -, les policiers, les films d'épouvante - Ré-animator, Terminator, Alien,... -, etc.). Mais les films que "j'emporterais sur une île déserte" (comme on dit) sont ceux de Peter Greenaway, "Le limier" (qui est le dernier film de je ne sais plus qui), "La petite fille au bout du chemin", "Angel Heart" avec Mickey Rourke, "La beauté du diable" et ce genre de films un peu noirs et "surréalistes".

J'ai aussi un penchant particulier pour les séries comme "Chapeau melon et bottes de cuir", "Star Treck" et surtout "Le prisonnier".

Et toi? Qu'aime-tu? Quel est ton parfum préféré? Comment aimes-tu t'habiller (moi, en général je suis plutôt classique, je me mets le plus souvent en veste, j'aime bien les ensembles - veste, chemise, pantalon - noirs)? Aimes-tu les études ou penses-tu t'orienter vers autre chose? Quelles sont tes matières préférées (si tu en as)?

Ecris-moi vite, je t'embrasse,

OBJET: APPEL DU REFUS A MA DEMANDE DE RMI

Madame, Monsieur,

Je vous écris après avoir fait toutes les démarches habituelles pour obtenir le RMI, et ceci sans succès, bien que je suis inscrit à l'ANPE et ai, par ailleurs, moi-même fait de multiples demandes d'emploi, jusqu'à aujourd'hui infructueuses.

Je me permets de vous résumer les faits:

- Octobre 1994: Apprenant que mes parents, à la retraite depuis peu, son en outre en déclaration de surendettement auprès de la Banque de France, je vais voir l'assistante du Chesnay - Mme Delaye -, afin d'obtenir une aide, le temps de trouver un emploi. Comme elle est absente, sa secrétaire me donne un formulaire de RMI à remplir et à lui retourner, ce que je fais.

Je tiens à vous préciser qu'à cette époque déjà, avant même de savoir que mes parents avaient de tels problèmes financiers, j'avais fait un certain nombre de demandes d'emploi auprès d'universités étrangères pour y être lecteur. De plus, j'étais inscrit au rectorat de Versailles où j'avais fait une demande pour être maître-auxiliaire. Dès que j'ai su que mes parents étaient dans de tels problèmes, j'ai naturellement intensifié ces recherches. Cependant, dans un premier temps, n'étant pas indemnisable par les ASSEDICS, je ne me suis pas inscrit à l'ANPE, car, faute de renseignements convenables de la part des services sociaux du Chesnay je ne savais pas que cela était un "mauvais point", et, vu mon niveau d'étude (bas plus 7 à l'époque), je pensais trouver un emploi très rapidement. Malheureusement, ça n'a pas été le cas.

- Décembre 94: Mme Delaye me recontacte seulement alors et me demande de venir la voir. Elle m'annonce alors que mon dossier de RMI n'a pas quitté son bureau et, qu'étant étudiant (en effet, mes thèses finies depuis largement un an à ce jour, leur soutenance est prévue en janvier 96), je ne peux bénéficier du RMI. Elle me dit de me renseigner auprès des assistantes sociales des universités (Orléans et Besançon) où je suis inscrit. Ce que je fais, mais, comme je le lui avais dit et donc comme je m'y attendais, aucune bourse à caractère social n'existe en thèse, et les assistantes sociales des universités me renvoient à Mme Delaye. Celle-ci, lors de ce premier entretien me donne aussi rendez-vous en janvier et me laisse espérer qu'elle m'aidera alors, si je n'ai pu bénéficier d'aucune aide par le biais des universités et si je lui prouve ma bonne volonté en lui amenant des réponses négatives à mes demandes d'emploi.

- Janvier 95: Je me représente auprès de Mme Delaye qui, cette fois, me renvoie en me disant que, de toute façon, je ne peux prétendre à aucune aide, et cela malgré le fait que je lui amène un nombre conséquent de réponses négatives à mes demandes d'emploi. De plus, elle refuse même catégoriquement de présenter ma demande de RMI auprès de la CAFY.

En désespoir de cause, j'écris donc au maire du Chesnay et à la CAFY. Ce n'est qu'au bout de la deuxième lettre, et seulement après que j'ai envoyé un courrier au Ministre des Affaires Sociales, que le maire et la CAFY me répondent, mais cela au bout de quatre mois.

- Mai 95: La CAFY m'apprend, à ma grande surprise, que ni elle ni Mme Delaye ne peuvent décider de la recevabilité de ma demande de RMI, et qu'en conséquence, je dois retirer un nouveau dossier de RMI à la mairie du Chesnay et le leur envoyé. Ce sera le service compétent de la Préfecture des Yvelines qui décidera. Je réitère donc ma demande, à nouveau accompagnée de l'attestation de surendettement de mes parents et d'un certain nombre de réponses négatives à mes demandes d'emploi.

Entre temps, je me suis inscrit à l'APEC, à l'ANPE et à la Cellule Emploi du Chesnay, ces deux derniers organismes me disant, là aussi à ma grande surprise qu'ils ne peuvent rien faire pour moi!!!

N'ayant jamais fait que des remplacements durant l'été, il va de soi, que je ne peux bénéficier des ASSEDICS, auxquels je suis inscrit sous le n° 539394 FC.

Voulant néanmoins faire part de ma triple inscription au service du RMI de la Préfecture, je téléphone à celui-ci, où l'on me répond que, de toute façon, ma demande sera rejetée.

- Juillet 95: Sans nouvelle de ma demande - et espérant quand même un peu voir le bout du tunnel -, je recontacte le service du RMI de la Préfecture. On m'apprend que ma demande a été rejetée. Quand je m'étonne, depuis trois mois, de ne pas en avoir été averti afin de pouvoir faire appel de cette décision, on me répond que c'est à la CAFY de m'en envoyer notification. Je m'empresse donc d'écrire à la CAFY pour avoir cette notificatio, sans laquelle, me dit-on encore, je ne peux faire aucune demande en révision de mon dossier.

- Fin Août 95: Là encore, ce n'est qu'après ma deuxième lettre, en accusé de réception, que la CAFY m'envoie la notificiation nécessaire à mon appel auprès de vos services.

Voici donc la situation actuelle: Depuis plus d'un an déjà, je suis à la recherche d'un emploi, d'abord en correspondance avec ma formation littéraire initiale (Universités, ATER, demandes d'auxiliariat, etc.), et, depuis plusieurs mois déjà, voyant que cela ne donne rien, auprès d'organismes privés (Samaritaine, Marks & Spencer, C & A, banques, etc.). Parallèlement, je suis inscrit à plusieurs concours. J'ai été admissible, mais malheureusement pas reçu définitivement, au CAPES de Lettres Modernes (session 95); je viens de passer le concours de conservateur des musées nationaux et de conservateur territorial. J'attends d'en passer d'autres (CNRS, bibliothécaire, etc.).

Inscrit à l'ANPE, celle-ci me dit qu'elle ne peut rien faire pour moi, et se contente de m'envoyer, une fois par mois, une demande d'attestation de situation. Aucune proposition, j'insiste sur ce point, ne m'a jamais été faite jusqu'à présent par cet organisme ni par les assistantes sociales, du Chesnay (que ce soient Mme Delaye ou celles de la Cellule Emploi).

Je peux attester de ma recherche, comme de la situation financière de mes parents. Je vous prie de bien vouloir trouver ci-joint la copie de leurs déclaration de surendettement auprès de la Banque de France, ainsi qu'un certain nombre de copies des réponses négatives à mes demandes d'emploi et une liste, la plus exhaustive possible, des organismes qui les ont rejetées (il ne m'est en effet pas possible, pour des raisons d'argent, de vous envoyer toutes les réponses négatives qui me sont parvenues à ce jour, mais je les tiens à votre disposition, si vous le désirez).

Le fait de m'avoir encore entièrement à leur charge cause à mes parents un grave préjudice dans le remboursement de leurs dettes, et risque même d'occasionner leur expulsion de leur domicile, car, devant toujours subvenir à mes besoins, ils ne peuvent satisfaire les exigences de leurs créanciers. En outre, en plus de devoir m'entretenir et rembourser leurs créanciers, les frais de mes recherches d'emploi (timbres poste, minitel, téléphone, photocopies, etc.) restent entièrement à leur charge.

Quant à moi, le fait de ne pouvoir bénéficier du RMI me met dans un état de précarité de plus en plus grand. Mes parents, ayant réduit de plus de la moitié mon subside, menacent, chaque mois un peu plus, de ne pouvoir continuer d'assumer ma charge. De plus, n'ayant, comme je vous l'ai dit, aucune réponse positive à mes demandes d'emploi, je risque fort de me retrouver sans rien pour vivre, et peut-être même pire, à la rue, ne recevant que très peu d'aides pour le paiement de mon loyer (mon allocation logement représentant à peine le tiers de mon loyer).

Le fait que je suis étudiant ne m'ouvre, je le sais, pas droit au RMI. Je tiens cependant à attirer votre attention sur les faits suivants:

1°/ Je dois me réinscrire cette année, si je veux pouvoir soutenir mes thèses en janvier. Il me paraîtrait dommage, après la masse d'efforts que demande le travail de recherche d'une thèse de ne pas l'aboutir juste pour avoir droit au RMI, d'autant que l'obtention de mes thèses (en histoire de l'Art et en Littérature française) me permettra de postuler à des emplois dans l'enseignement supérieur et la recherche, et m'ouvrira peut-être d'autres voies. En effet, il est évident que je suis trop diplômé pour beaucoup d'emplois, et que ma formation ne me donne pas accès à tous. Dans le privé par exemple, la préférence va souvent aux jeunes sortant d'écoles de commerce. Il est donc important - au-delà de la simple envie que je peux ressentir de ne pas avoir fait un gros travail de recherche pour rien - que je m'inscrive cette année (qui sera aussi la dernière) afin de soutenir mes thèses et de me permettre de postuler à des emplois auxquels aujourd'hui je ne peux prétendre, tout en sachant qu'ils correspondent plus à ma formation, et qu'en conséquence j'ai plus de chance d'y être accepté. Il y a donc pour moi, dans cette inscription, un caractère nécessaire de formation - ou de préparation, si vous préférez - à l'emploi.

2°/ Inscrit à l'ANPE, l'APEC, la Cellule Emploi du Chesnay, à des concours (CAPES, Agrégation, bibliothèque, conservateur), et ayant fait de multiples demandes d'emploi (ATER, Universités, administration territoriale, magasins et grandes surfaces, banques, etc.), ma bonne foi quant à ma recherche d'emploi ne laisse aucun doute. De plus, mes thèses étant finies depuis largement plus d'un an et du fait qu'il n'y a aucun cours en thèse, l'inscription en doctorat n'est absolument pas contradictoire avec ma recherche d'emploi. D'ailleurs, la situation financière de mes parents ne me laisserait pas le choix, même s'il en était autrement.

J'insiste cependant sur ce point: mon inscription en thèse n'est, en quelque sorte, que purement formelle (la durée d'inscription obligatoire en doctorat étant en effet passée de 2 à 3 ans), puisqu'elle ne vise qu'à me permettre de soutenir en janvier prochain mes thèses et ne sous-entend aucun cours pouvant m'empêcher de trcoailler, si un emploi m'est proposé.

3°/ La situation financière dramatique de mes parents doit, je pense, compter pour beaucoup dans le fait que soit acceptée ma demande de RMI, en outre du fait que je suis de bonne foi dans mes recherches d'emploi et que je suis inscrit à l'ANPE (sans pouvoir par ailleurs bénéficier des ASSEDICS).

J'ai donc l'honneur de solliciter de votre haute bienveillance la révision de la décision de rejet de ma demande de RMI par la Préfecture des Yvelines.

Je sais que, sans doute, mon cas n'est pas le pire que vous ayez eu à traiter, mais je vous demande d'accéder à ma requête car, vraiment, je ne sais plus quoi faire, et m'inquiète de plus en plus chaque jour de voir qu'aucune réponse favorable n'arrive, ni à mes demandes d'emploi, ni à mes demandes d'aide. Il est nécessaire et vital pour moi et mes parents qu'eux puissent être déchargés de moi afin de tenir leurs engagements de remboursements auprès de leurs créanciers, et que moi je puisse bénéficier d'une aide dans l'attente de trouver un emploi, par voie de concours ou de recrutement direct.

Dans le vif espoir que ma demande de RMI puisse donc enfin aboutir, éventuellement de manière rétroactive depuis mon inscription à l'ANPE en

Mai 95, je vous prie de croire, Madame, Monsieur, à mes sentiments dévoués,

Pièces jointes:
- Attestation de rejet de ma demande de RMI
- Attestation de surendettement de mes parents
- Attestation d'inscription à l'ANPE
- Attestation des ASSEDICS
- Liste des réponses négatives à mes demandes d'emploi
- Réponses négatives à mes demandes d'emploi

Très chère Soazig,

Ta lettre a devancé de quelque peu la mienne. En fait elle y répond un peu. En effet, étant moi aussi dans le même état d'esprit que toi en ce moment, je voulais te demander s'il t'arrivait parfois d'avoir envie de tout plaquer et de t'évader, éventuellement de partir, juste pour changer d'air?

Je tenais aussi à te remercier de tes bon vœux. J'espère que tes examens se sont bien passés et que tu t'es un peu remise de ta maladie qui, si j'ai bien compris, te retenait au lit.

Au fait, je ne crois pas t'avoir demandé d'où te venait ton prénom et quand est ta fête?

A bientôt, je t'embrasse,

A l'intention du Service Reprographie de la BN

Pourriez-vous me faire parvenir les photocopies de textes suivants:
1/ Syria revue d'art oriental et d'archéologie, articles de Franz Cumont, 1927, p. 368, et de J. Pirenne, 1960, p. 343-344, et pl. XVa
côte BN: 4° V. 8864
Med. Þ. 1200
2/ E. Braun, dans Ernst Platner, "Beschreibung der Stadt Rom", t. III pp. 680 à 700
côte BN: K 13178-13182
Atlas K 796
3/ Georg Friedrich Creuzer, "Symbolik und Mythologie der alten Völker", pl. VIII
côte BN: J25156-25159

et J 25160-25165
Album: J 7843
4/ E.F.W. Gerhard, "Prodr. myth. Kunsterkl.", p. 129
5/ Aubin Louis Millin, "Galerie Mythologique", n° 243
côte BN: 2 ex. J 25856-25857
et rés.: J3191-3192
 6/ C.O. Müller et Friedrich A. Wieseler, "Den Kmäler der alten Kunst", t. II, pl. XXXVII n° 432 et XLVII n° 600
côte BN: J 5987
7/ Porphyre, De antro nymph., 20 (de préf. en français)
8/ Johann Heinrich Wilhelm Tischbein, "Collection of engravings from ancient vases", éd. Florence, t. I, pl. XXXII
9/ Filippo Aurelio Visconti, "Il Museo Pio Clementino", t. V, pl. c
10/ Welcker, "Zeitschr. f. alt. Kunst.", p. 446 à 500
Merci d'avance

Très chère Soazig,

Je ne suis plus trop au courant des dates d'examens. As-tu passé les tiens? Si oui, j'espère que ça s'est bien passé. Personnellement, je n'ai jamais trop aimé les révisions. J'ai eu la chance de réussir mon bac sans avoir révisé (lettres et philo, option math, l'ancien A1, je ne sais pas quel nom on lui donne aujourd'hui, ça me donne un peu l'impression d'être déjà devenu un vieux croulant). Il faut dire que je ne l'ai pas eu avec beaucoup de brio non plus, puisque je ne l'ai passé que de justesse, et encore au rattrapage...

Pour essayer de répondre aux questions que tu me poses dans ta lettre, je ne sais pas trop quoi te dire.

Non, Cendrillon n'est pas encore venue sonner à ma porte, ou alors c'est que je ne l'ai pas reconnue.

Mes amis, je n'en ai pas non plus, ou alors ils sont trop éloignés pour que ça puisse vraiment signifier quelque chose. En fait, j'ai toujours plutôt été d'un naturel solitaire. Si tu connais la chanson de Barbara, "La Louve", je suis un peu comme le garçon qu'elle y décrit. Adolescent, j'étais sans doute trop sérieux pour m'amuser avec les garçons de mon âge. Et puis, au fil du temps, ça n'a probablement été qu'en empirant. Sans vouloir faire d'allusion mal placée, j'ai toujours préféré les plaisirs solitaires. J'aime la lecture, le ciné, le théâtre, la télé, je tape des heures derrière mon ordinateur (j'ai quelquefois été édité). Du fait, je n'ai jamais vraiment eu de très bons amis. En tous les cas, ceux que j'ai eu, ça n'a jamais été jusqu'à s'inviter mutuellement; alors, avec le temps, on s'est perdu de vue. Comme je crois te l'avoir dit, je suis en doctorat. Peut-être t'en apercevras-tu toi aussi si tu continue tes études, à partir de la maîtrise, on ne se voit quasiment plus. On n'a plus de cours en fac, et chacun est pris par ses propres recherches. En plus, il faut dire que, moi, je n'ai rien fait pour arranger les choses. J'avais fait tout mon cursus en histoire de l'art jusqu'en maîtrise, et puis à partir de là, j'ai voulu soutenir deux mémoires, l'un dans cette matière et l'autre en littérature comparée. Ce qui fait qu'entre le travail de préparation et puis le changement de département (je veux dire d'UFR - les universités étant divisées en sections, et chaque section portant le nom d'UFR, UFR de littérature, UFR de droit, UFR d'histoire, etc.), j'ai totalement perdu les deux ou trois amis que j'avais.

En fait, et c'est pour ça que je disais que les seuls amis que j'avais étaient trop loin pour que ça puisse vraiment compter, c'est en faisant mon service militaire en coopération au Nicaragua que j'ai rencontré - ou du moins que je crois avoir rencontré - de véritables amis. Ce sont deus professeurs (des femmes) de l'Université Nationale. Mais tu te doute bien que la distance empêche de pouvoir entretenir de véritables relations continues. La correspondance n'étant pas leur fort, je leur écris plus souvent qu'elles ne me répondent. Mais je sais qu'elles pensent à moi quand même, ne serait-ce que par les lettres qu'elles m'envoient épisodiquement. Maintenant, il est très possible que, si je n'y retourne pas, nos relations s'estompent au fur et à mesure (ça fait déjà plus de deux ans que je suis revenu).

Passons maintenant à la rubrique de mes défauts. Si je te disais que je n'en ai pas, tu ne me croirais pas - et tu aurais sans doute raison -, et si je te disais que je les ai tous, je risquerais de t'effrayer. Pour répondre elliptiquement, je dirais, sans vouloir pontifier, que je crois profondément que nous sommes tous ce que j'appellerais des "monstres quotidiens". Je veux dire par là qu'on a tous un jour ou l'autre volé un bonbon, menti pour une broutille, caché un mauvais carnet de notes, été injuste avec un plus faible que soi, etc. Ce qui n'empêche nullement par ailleurs que chacun de nous ait des qualités. Ce ça que j'appelle un peu pompeusement des "monstres quotidiens". Disons que, pour faire référence à "Huis-clos" de Sartre, on a tous à notre actif des actes manqués...

Plus pragmatiquement, je peux dire que je suis: insomniaque, pour être tout à fait franc, quelque peu égocentrique aussi (mais qui ne l'est pas?), versatile (parfois heureux, parfois désespéré sans qu'il y ait de raison particulière sinon le cours de la vie elle-même), pessimiste (qui plus est, je suis toujours un peu, comme disait Souchon, "mal en campagne et mal en ville" et le train où va le monde me dépite quotidiennement), renfermé (timide, si tu veux, certains diraient misanthrope sur les bords - ce qui veut donc aussi parfois dire misogyne -). Enfin, au goût de beaucoup de gens, j'aime trop "me chercher des poux dans la tête" (un peu le genre à Fabrice Luchini dans le côté volubile et démonstratif).

Je pourrais ajouter que, de façon plus générale, je suis plutôt anarchiste, anti-militariste, et foncièrement contre la pêche, la chasse, l'expérimentation animale et les corridas. Je déteste la xénophobie (ce qui est communément nommé "racisme", à tort puisque la notion de race est impropre pour les hommes étant donné que, noirs, blancs, jaunes ou rouges, nous ne formons qu'une race, sinon il faut parler d'"ethnies"). Je suis athée, je pense que l'origine des religions est la pensée animiste ("totémique" si tu veux prendre une terminologie néo-freudienne). Je déteste les gens qui survalorisent le sentiment au détriment de la pensée. Et je ne suis absolument pas patriote. Je suis, par contre, sans être ni radical ni socialiste, pour une Europe fédéraliste, et par conséquent je me définis comme pro-européen. Tout ceci mis en bloc. Ce ne sont pas à proprement parler des défauts, mais certains considèrent ces prises de position comme telles. Ah oui, dernier point que j'oubliais, je suis plutôt contre l'avortement, totalement contre la peine de mort, et pour l'euthanasie.

Voilà. J'espère avoir répondu à tes questions, et ne t'avoir ni ennuyée (c'est toujours lassant d'"écouter" les autres parler d'eux) ni choquée (dans mes prises de postions, je veux dire, mais il me semble devoir être franc).

Bon, eh bien, si mes nombreux travers ne te rebutent pas trop (pour compenser, je te dirais que je ne bois pas, ne fume pas et ne me drogue pas), j'espère avoir bientôt de tes nouvelles. Si c'est le cas, ce dont je serais très heureux, pourrais-tu me dire si les sciences humaines t'intéressent (je pense à la sociologie, la philosophie, etc.), et quels sont tes projets d'avenir? Je pense que tu dois avoir une idée de ce que tu voudrais faire si tu as le bac?

Je t'embrasses, sincèrement,
P.S.: Si tu n'as pas encore "subi" tes examens, je te souhaite de tout cœur bon courage pour la suite.

Très chère Soazig,

Tu me demandes pardon dans ton dernier courrier, mais c'est plutôt à moi de m'excuser si je t'ai laissé penser que je te toisais. Mais tu sais, il est toujours difficile de parler de soi.

Je m'excuse de te répondre aussi tardcumais il est vrai que ton avant-dernière lettre m'a quelque peu dérouté, non pas que je sois particulièrement prude - c'est toujours ce qu'on dit -, et, si tu veux tout savoir, si je ne t'ai pas écrit avant, c'est aussi parce que je suis en pleine recherche d'emploi et que, malheureusement, toutes mes demandes étant infructueuses, tu imagines dans quel état ça peut me mettre.

Tu m'incitais à user de mots un peu crus dans cette avant-dernière lettre. Eh bien, vois-tu, pour reprendre une expression que j'ai entendue dans un film récemment, la vie et une cuvette de chiottes, et j'ai l'impression très nette que la mienne l'est tout particulièrement!

Ta carte postale m'a fait plaisir. Je pense que tu vas encore me trouver pédant, mais je ne peux pas m'empêcher de rapprocher le choix de l'image que tu as fait d'un groupe de deux tableaux que j'aime beaucoup de Van Gogh, intitulés "La chaise de Paul Gauguin" et "Ma chaise" (si je ne me trompe pas). Les deux sont vides, mais il est de coutume d'interpréter la seconde comme l'expression de la culture artistique et de la pensée sociale de Van Gogh (il a déposé sur sa chaise un roman de Flaubert et "Eugénie Lacerteux", autre roman social des frères Goncourt), et la première - qui me fait penser à la chaise perdue dans les coquelicots de ta photo - comme l'image du désespoir de Van Gogh face à l'absence de Gauguin, après que celui-ci soit parti suite à leurs incessantes disputes. La chaise vide de Gauguin, c'est l'absence!

Peut-être est-ce moi qui en ce moment suis un peu plus morose que d'habitude, mais c'est à l'absence que me fait penser ta carte. Je ne sais pas si c'est aussi le cas pour toi???...

J'ai aussi eu le temps de réfléchir pendant ma "rupture de correspondance", et j'aimerais bien savoir - pas par curiosité malsaine ou je ne sais quoi, mais par un certain souci que tu peux comprendre, je croix - pourquoi, toi qui as l'air d'être une jeune femme entourée d'amis de ton âge, avec des parents et une famille très attentive (je crois que c'est dans l'entreprise de ta tante que tu as travaillé cet été?), pourquoi donc, toi qui dois, en plus, être jolie, tu trouves de l'intérêt à m'écrire, alors que j'ai dix ans de plus que toi, et que, comme tu l'as dit, je suis plutôt solitaire, pince-sans-rire, et, pourquoi ne pas le dire franchement, probablement chiant pour quelqu'un de ton âge?

C'est vrai, après tout, tu dois bien avoir, parmi tous tes copains, des garçons qui te "font la cour" (excuse-moi ma formule, qui est un peu désuète), et je suppose que, dans le lot, il doit bien y avoir un ou deux garçons pour qui ton "coeur chavire" (décidément, je donne dans le "fleur bleue"!!!).

Enfin bref, je me demande pourquoi une jeune fille s'embête à passer sur minitel et à correspondre avec un homme beaucoup plus âgé qu'elle.

J'espère que je ne suis pas trop indiscret. Je te le demande sans arrière pensée et je serais très triste de te paraître déplacé ou malséant.

Quoiqu'il en soit, je te souhaites bon courage pour la rentrée et je t'embrasse.

A bientôt. Bisous,

OBJET: DEMANDE DE RMI

Monsieur le Ministre,

Je vous écris en désespoir de cause. J'ai 26 ans, suis à la recherche d'un emploi dans le domaine culturel (j'ai une maîtrise d'Histoire de l'Art et un DEA de Littérature Comparée), mais malheureusement, malgré mes demandes auprès de divers organismes, tant publics que privés - et notamment auprès du rectorat de Versailles (où j'ai fait une demande depuis 9 mois) -, pour l'instant, je n'ai pas eu de réponses positives.

Aussi, ne pouvant bénéficier des ASSEDICS car j'étais auparavant étudiant, j'ai fortement besoin du RMI pour me permettre de subsister et de ne pas me retrouver à la rue (j'ai un loyer de 3000 Frs par mois et une aide de la CAFY de seulement 596 Frs par mois). En effet, mes parents, qui jusqu'à il y a quelques mois pouvaient subvenir à mes besoins, sont aujourd'hui à la retraite et de plus surendettés (ils ont d'ailleurs fait une déclaration à la banque de France et il y a arrêt sur leurs deux pensions).

J'ai 26 ans, il me semble donc que je réponds à tous les critères nécessaires pour recevoir le RMI. Cependant, l'assistante sociale de mon domicile me le refuse. Je dois vous préciser qu'en début d'année, je m'étais inscrit en 2ème année de doctorat. Cependant, mes thèses sont entièrement faites et il n'y a, comme vous le savez, aucun cours à suivre à ce niveau. Je ne vois donc vraiment pas pourquoi je ne devrais pas bénéficier du RMI. Je suis à présent à la recherche d'un emploi. Je ne peux malheureusement pas me désinscrire en fin d'année.

Effectivement, j'aimerais soutenir ma thèse dans le premier semestre 1996, mais je vous le répète, celle-ci est entièrement finie, et malheureusement, depuis quelques années le minimum légal avant la soutenance est de trois ans.

Cependant, je ne vois pas en quoi le fait que je m'inscrive ou non l'année prochaine en dernière année de thèse enlève quoi que ce soit, d'une part à la précarité de ma situation, et d'autre part au fait que je suis en pleine recherche d'emploi.

OBJET: DEMANDE DE CREDITS POUR LA MISE EN PLACE D'UN CENTRE DE TRADUCTION AU NICARAGUA

Chère Madame,

Titulaire d'une maîtrise d'Histoire de l'Art et d'Archéologie et d'un D.E.A. de Littérature Comparée (ci-joint mon CV), j'ai eu l'occasion de Janvier à Mars 1993 d'être en relation étroite avec le Département de Français de la UNAN (Université Nationale Autonome du Nicaragua), actuellement dirigé par la Señora Ana Paula Miranda.

J'ai alors pu constater la pénurie des moyens mis en oeuvre pour le développement de l'enseignement du Français, malgré les efforts du Département. A mon retour en France, je me suis attaché à traduire *El Güegüence* (la plus ancienne pièce nicaraguayenne et une des plus importantes d'Amérique Latine), *El Soldado desconocido* de Salomón de la Selva et *Torrente de Acero* de Raúl Orozco (deux célèbres recueils de poésie contemporaine), dont aucune traduction française n'existait.

Dans le but d'approfondir et de compléter ce travail, il me semblerait intéressant de pouvoir mettre en place un centre de traduction au sein de la UNAN, ce que ses autorités veulent faire depuis assez longtemps, leur peu de moyens les en empêchant toujours.

Je pensais plus particulièrement à fournir une aide logistique partielle (achat d'ouvrages) ainsi qu'à apporter mes connaissances de la langue et de la civilisation française au Département de Français de la UNAN, afin de pouvoir mettre en place les bases de ce centre de traduction et traduire les ouvrages les plus représentatifs de la culture nicaraguayenne en français pour les rendre disponibles aux Francophones. Il serait éventuellement envisageable ensuite de traduire des ouvrages français non disponibles en langue espagnole dans les pays d'Amérique Latine.

En outre, aider à créer ce centre offrirait un débouché plus sûr aux étudiants de français qui, faute de perspective, sont de moins en moins nombreux (le MED - Ministère de l'Education Nationale du Nicaragua - a même envisagé pendant un temps de fermer certaines classes dans le secondaire), et pourrait permettre d'aboutir le projet de Mme Nicolette Gianella (représentante de la Suisse au Nicaragua), qui vise à l'élaboration d'un ouvrage d'apprentissage de la langue française adaptée aux besoins et aux méthodes du Nicaragua et, plus généralement, de l'Amérique Latine.

Je vous joins la photocopie d'un texte très succinct où, sur ma demande, elle essaie de montrer les failles des ouvrages actuellement disponibles sur le marché et couramment utilisés par les Universités, les Collèges Français et l'Alliance Française: à savoir survalorisation de l'oral sur l'écrit, or les élèves auront plus souvent à lire ou écrire français qu'à le parler, et francocentrisme, les élèves n'ont que peu d'espoir de voir un jour la France, il semblerait donc plus approprié de leur parler des moeurs et coutumes des zones francophones limitrophes (Louisiane, Antilles, Québec). Pour ce dernier point en effet, il semble plus logique de penser qu'ils pourront trouver un travail dans (ou en relation avec) des pays francophones d'Amérique qu'en France métropolitaine, ne serait-ce qu'à cause du coût et de l'investissement qu'un tel voyage suppose.

Enfin, réaliser cet ouvrage sur place éviterait, de façon plus pratique, que les Universités (il y en a deux rien qu'à Managua: la UNAN et la UCA) ou les centres d'apprentissage soient soumis aux aleas des crédits impartis aux Ambassades. Le MED en 1993 comptait un manque de plus de 3000 livres pour l'enseignement du français, ce qui avait en partie influé sur la décision de fermer certaines classes et, plus grave encore, ce qui a été la cause *effective* de la réduction des postes d'enseignants. Les professeurs en poste ont donc été arbitrairement affectés à plusieurs classes au lieu qu'il y ait de nouvelles créations de poste pour les étudiants sortis de l'Université.

On voit donc bien que, d'une part, aider à la mise en route du travail de Mme Gianella permettrait de fournir un ouvrage disponible sur place (édité en Amérique Latine, pourquoi pas par l'antenne de Larousse à Mexico, il ne faut pas oublier que les méthodes comme *Sans Frontière*, etc., doivent être exportés de France), et donc à un coût nettement plus abordable (le salaire moyen d'un Nicaraguayen en 1993 était de 500 Francs français), et que d'autre part, la création d'un centre de traduction offrirait plus débouchés aux étudiants (les postes d'enseignants étant peu nombreux, comme on l'a dit), et par voie de conséquence un réel avenir (voire une expansion) à l'enseignement du français (qui reste en but dans ce pays à celui de l'anglais).

Il va sans dire que mon rôle serait celui d'un coordinateur, et que j'utiliserai ma double formation pour orienter les recherches du centre vers un échange linguistico-culturel, qui permettrait un travail bilatéral: 1°/ pour essayer de mieux connaître la mythologie indienne et la culture Centraméricaine (non seulement par la traduction d'ouvrages littéraires, Urtecho, Darío, Cardenal, mais aussi de Sciences Humaines, tels que ceux de Jorge Eduardo Arellano, *Entre la tradición y la modernidad - El Movimiento Nicaragüense de Vanguardia*, ou de l'américain Stefen F. White, *La poésie nicaraguayenne et ses dialogues avec la France et les Etats-Unis*), et 2°/ pour offrir à l'enseignement du français de nouvelles voies (il vient de se créer cette année au Département de Français de la UNAN un cours d'Histoire de l'Art, et on cherche un professeur pour un cours de civilisation française, plus axé sur les théories philosophiques et intellectuelles, au sens large), nouvelles voies que j'aimerais orienter vers l'enseignement des pratiques structuralistes appliquées à la compréhension du milieu culturel (Roland Barthes, reprenant l'Historien d'Art allemand Erwin Panofsky, écrivit que l'oeuvre est l'aboutissement des théories philosophiques, religieuses, politiques, artistiques et littéraires de son époque).

En espérant qu'une suite favorable sera donnée à ma requête, soyez assurée, Madame, de mes sentiments dévoués,

OBJET: Soutien à l'enseignement du français au Nicaragua et création d'un centre de traduction

Madame, Monsieur,

Je me permets de vous écrire afin de vous demander une subvention pour un projet qui me tient à coeur et qui, je le crois, est un des plus importants paris culturels de ces dernières années.

En effet, j'ai été au Nicaragua, travailler quelque temps auprès de la

UNAN (Université Nationale Autonome du Nicaragua). Là, je me suis aperçu entre autres choses de la honteuse pénurie en livres de la bibliothèque du département de français. De plus, faute - je dois l'avouer - à la gestion surréaliste de l'Ambassade de France sur place, l'aide n'arrive que sporadiquement.

Ceci ne fait que retarder la mise en place du centre de traduction réclamé par le département. Comme vous devez le savoir, la langue "reine" dans les pays hispano-américains est l'anglais, et le professorat du français est un débouché bien précaire. Il y a peu de place, le gouvernement ne reconnaît que difficilement l'enseignement du français dans le secondaire (cette matière, très peu répandue, y est un peu comme le sport dans nos collèges et lycées une matière "fantoche"). La position de l'Ambassade à cet égard reste des plus floue.

Malgré tous ces problèmes, il me semble que le Nicaragua est un foyer de culture dont l'origine est surtout européenne. Je veux dire que les ouvrages de Ruben Dario, Horacio Peña, Ernesto Cardenal, Coronel Urtecho, ou bien encore Salomon de La Selva, trouvent leur source dans la littérature européenne (Lucrèce, Dante essentiellement, on peut ajouter Aristote pour De La Selva), mais aussi et surtout dans la littérature française (Baudelaire et tout le courant romantique de la fin du XIXème siècle notamment).

De plus, un suivi constant de l'apprentissage du français depuis la maternelle jusqu'à l'université apparaît nécessaire si la France veut jouer le rôle culturel qui lui appartient et que beaucoup de Nicaraguayens (intellectuels et bourgeois) lui réclament.

Ainsi, j'ai moi-même traduit le *Güegüence*, pièce de théâtre du XVIème siècle en espagnol-nahuatl, et qui est un peu notre *Farce de Maître Pathelin*, à ceci près que le message en est plus profond et politique et se comparerait davantage aux oeuvres de Shakespeare par exemple en ce sens.

Ma requête, approuvée par le département de français de la UNAN (dirigée par Mme Ana Paula Miranda) et de nombreux intellectuels nicaraguayens tels que Bayardo Gamez (peintre), Carlos Maturana (écrivain et petit-fils du très célèbre Urtecho), est donc triple.

1°/ Apporter un soutien financier à la création d'un centre de documentation française (il faut savoir que la plupart des étudiants de français de 5ème année n'ont jamais eu accès à des ouvrages tels que *L'Avare* ou *Voyage au bout de la nuit*, et que *Les Petites filles modèles* leur sont inconnues). Ma formation me permettrait sans mal de diriger une telle entreprise (j'ai une maîtrise d'Histoire de l'Art et un DEA de Littérature Comparée, ce qui me donne je crois une connaissance assez parfaite des problèmes de bibliophilie).

2°/ Un soutien à l'enseignement du français, par le soutien au CDI (centre d'accueil pour enfants en bas âge, où Mme Gianella, spécialiste des problèmes méthodologiques de l'enseignement et professeur à la UNAN, envisage de créer un cours d'apprentissage du français dès la maternelle), et par la création d'un cours de civilisation (histoire de l'art, de la littérature et de la pensée française, francophone et européenne) dans les établissements qui enseignent le français mais en sont privés de façon incompréhensible (à savoir le Collège français, l'Alliance française, les collèges nicaraguayens enseignant le français tels que le Rigorberto Lopez ou le Maestro Gabriel, la UNAN et la UCA - Université Centraméricaine, privée et jésuite). Ce cours est en effet indispensable, car il est nécessaire de connaître la civilisation d'un pays (et ses schèmes de pensée) pour pouvoir aborder la traduction littéraire. De plus, un tel cours, essentiel en tout cas à la UNAN pourra être mis en place avec l'appui des professeurs de cette Université, qui demandent une aide extérieure pour sa mise en place, même s'ils acceptent éventuellement de l'assurer.

3°/ La création dans les deux universités (UNAN et UCA), mais plus particulièrement dans la seconde, de cours de traduction, afin d'ouvrir de réels débouchés à l'enseignement du français dans le secondaire qui aujourd'hui est dangereusement sclérosé (le responsable de l'enseignement du français dans le secondaire, M. Mauricio Blandino, a donné sa démission en 1993, et la UNAN envisage la fermeture de son département de français).

Une telle création d'un centre de traduction, outre de développer les rapports entre la France et le Nicaragua, pourrait surtout faire connaître la littérature nicaraguayenne (et pourquoi pas centraméricaine) en France, permettrait à long terme la création d'un dictionnaire français/nicaraguayen et d'autres tels que français/nahuatl, etc., permettrait également la création d'une méthode d'enseignement du français propre au Nicaragua (cf. lettre de Mme Gianella ci-jointe). Et par-dessus tout, traduire du français au nicaraguayen, et du nicaraguayen au français (par exemple, il y a des ouvrages pharmaceutiques nécessaires au corps médical nicaraguayen, mais inaccessibles car ils sont en français), permettrait, outre d'ouvrir un marché de l'emploi (unique condition de survie du français dans ce pays), de commencer une sémiologie systématique et comparée des ouvrages (et de l'art) nicaraguayens par rapport aux français.

Ceci pourrait être fructueux, puisque par exemple, j'ai étudié de près le cas de l'art macabre, et qu'il y a une formidable pérennité en l'occurence des thèmes (loups, danses) de cet art européen médiéval des XIVème-XVIème siècles dans les traditions nicaraguayennes contemporaines (comme on le voit par exemple grâce aux danses annuelles de Masaya, Leon ou Diriamba). Et là encore, l'exégète devra s'attacher à définir la part de réminiscence européanisante de celles des mythologies locales.

Ainsi, mythe, civilisation, littérature, voilà les grands axes de réflexion que doivent amener la proposition d'une aide financière directe à l'enseignement du français et à la création d'un centre de traduction (celui-ci m'apparaissant comme l'étape nécessaire vers l'étude sociale comparée des thèmes franco-nicaraguayens, déjà ébauchée par M. Smith, dans son ouvrage inédit en France sur l'influence de la littérature française et nord-américaine sur la poésie nicaraguayenne). Ainsi devrait-on, je pense, traduire en abondance livres pour enfants, ouvrages littéraires (*Güegüence*, Peña, etc...) et ouvrages d'exégèse (tels que l'indispensable étude de M. Arellano sur *L'Avant-garde nicaraguayenne*, là aussi malheureusement inédit en France, quand se multiplient - et à juste titre - les ouvrages sur les avant-gardes italienne, russe ou française).

En espérant vivement que vous accepterez de m'envoyer pour cette triple mission d'enseignement, de traduction et de confrontation sociologique, je tiens à vous assurer, Madame, Monsieur, de l'expression de mes sentiments les plus dévoués,

Après l'article sur la réforme de l'orthographe du n° 114 de *Quipos*, je me permettrai modestement de revenir sur le sujet. Je sais que l'on pourra me reprocher d'intellectualiser un problème somme toute assez sommaire, mais, après tout, les membres de MENSA sont là pour çà.

Au-delà de la réforme, de quoi s'agit-il? Je pense ne surprendre personne en disant que le but avoué de cette réforme, qui n'est même pas un projet de loi mais dont la propagande a été si bien menée que tout le monde en a cru qu'il s'agissait réellement d'un nouvel amendement, est de donner une plus grande égalité de chances à tous (et à chacun) devant le cursus scolaire, long et difficile.

Certes, l'objectif de départ répond à une certaine nécessité: nous sommes dans une société de masse par excellence (bientôt 8 milliards d'individus dans le monde et 54 millions en France), aussi, il serait oiseux, voire même utopique, d'espérer donner un enseignement de qualité à un nombre d'élèves en croissance exponentielle, alors que le celui des enseignants stagne et, malheureusement, quitte à décevoir quelques personnes, alors que la formation doctrinale des maîtres laisse encore beaucoup à désirer. Combien d'instituteurs ne maitrisent couramment ni l'orthographe ni la syntaxe? Combien de professeurs connaissent mieux les dates des grands événements (Marignan 1555 et la main du zouave dans la culotte de ma sœur) que leurs causes socio-politiques?

La volonté de restructurer l'enseignement n'est pas nouvelle. On passera sur les réformes qui se suivent mais ne se ressemblent guère. Dès les années 1975, la méthode globale, premier pas vers la réforme de l'orthographe, fut instaurée.

Réforme qui apparaît déjà suspecte à cause du choix de ses maîtres d'œuvre; peut-on vraiment dire de MM. Bernard Pivot et Pierre Perret qu'ils sont d'éminents linguistes? Sans doute sont-ils de fervents socialistes, mais ils n'ont toujours pas compris la différence prééminente qui existe entre culture et tradition, entre Bergson et Bocuse (ils ne sont peut-être pas les seuls?).

De fait, la réforme de l'orthographe est critiquable en plusieurs points:

1°/ S'il est juste que l'enseignement n'est pas adapté aux besoins économiques de notre temps, n'était-il pas nécessaire de réformer plutôt le programme des sciences exactes (mathématiques, physique-chimie, biologie), dont la maîtrise parfaite est nécessaire aux jeunes gens pour devenir de bons techniciens, attendu bien sûr que la société contemporaine a plus besoin de techniciens spécialisés que de philosophes ou de lettrés.

2°/ Dans cette optique, la réforme n'est que le prolongement de la politique de l'enseignement menée depuis longtemps déjà; elle se caractérise surtout par la multiplication abusive des baccalauréats et des formations universitaires, notamment avec la création d'IUT et la prolifération d'écoles de commerce. Cela trompe la population sur le but de l'enseignement: il doit permettre au plus grand nombre d'acquérir une culture générale, c'est-à-dire produire des individus alphabétisés et conscients de leur appartenance à un groupe social, défini par des lois. L'enseignement doit donner une conscience civique, qui est la base de la démocratie; faire croire qu'il joue un rôle dans l'insertion professionnelle est un sophisme.

L'enseignement, qui était censé fournir une égalité de chances au départ, grâce à une bonne maîtrise de la langue et des notions mathématiques élémentaires, depuis sa création n'a servi qu'à la propagande d'un pouvoir autocratique, comme l'armée (il suffit de penser au fameux *Tour de France par deux enfants*, aux enfants des colonies récitant "*nos ancêtres les Gaulois*", j'ai d'ailleurs récemment pu lire dans un livre d'école que les croisades avaient permis aux Occidentaux et aux Musulmans de mieux se connaître, étrange non?).

Bref, l'école devait ainsi fournir des bases **générales**, et c'est ensuite que l'élève devait opérer un choix: s'orienter vers un CAP pour acquérir une formation professionnelle, ou continuer un cursus long, qui n'a et ne doit avoir qu'un objectif: l'entrée en Université. Quels buts doit avoir celle-ci? Au risque de paraître réactionnaire, former des philosophes, des lettrés, des historiens, des magistrats, des biologistes, en un mot des intellectuels (au sens originel, cf. Jacques Le Goff, *Les intellectuels au Moyen Age*, Paris, Seuil, 1957, coll. de poche "*Points - Histoire*", 1987). Là encore, il ne s'agit pas de faire des mécaniciens ni d'amener à un emploi, c'est le but des formations techniques, courtes de préférence (il n'est pas indispensable de créer des baccalauréats de plomberie ou de femme de ménage), mais de procurer à l'Etat-Nation des chercheurs, des tenants de la culture nationale (pourquoi pas des pris Nobel?).

Au niveau de la politique internationale, il est frappant que l'ONU prône pour les pays du Tiers-Monde ce qui, par euphémisme, sont appelées «*les filières vocationelles*», tout comme en France sont dénigrées les filières du bas général, dites «*non qualifiantes*». Le droit à l'enseignement, de nouveau, redevient donc un privilège, ce qui est logique dans une société dont la structure oligarchique n'a jamais changée. Le riches peuvent se payer le luxe de savoir, les pauvres, non, car comme disaient Ponce et Sartre, ils deviendraient alors immaîtrisables pour le pouvoir en place.

3°/ Dans cette société où de plus en plus de charges sont imparties aux machines, où donc de moins en moins d'hommes sont requis et où la population continue malgré tout d'augmenter dangereusement, il est irréaliste de croire à l'école-messie. Un baccalauréat ne donne pas et ne donnera jamais de **qualification**, la multiplication des bacs techniques *a)* dévalorise l'ensemble de la formation (rappelons que dans les cinq dernières années, le niveau minimum demandé pour être instituteur est ainsi passé de BAC à BAC + 2); *b)* cache le vide économique français. De toute évidence, la France et l'ensemble des pays européens (excepté l'Allemagne) vivent encore sur un système néo-colonialiste qui consiste à bloquer le développement du Tiers-Monde. Il a d'ailleurs été fait de même avec l'ex-URSS, où tous les gouvernements se sont ingéniés à briser son unité politique, afin de combattre le danger potentiel d'un boom économique, ainsi lze niveau de vie y a t-il monstrueusement baissé dans les deux dernières années; pendant que nous y importons nos produits, ils n'ont plus de quoi les payer. Christophe Dechavanne a aussi consacré une émission (sans doute suivie) aux mercenaires, très instructive sur notre attitude en Afrique (cf. aussi Mongo Beti, *Les deux mères de Guillaume Ismaël Dzewatama - futur camionneur*, Paris, Buchet-Chastel, 1982).

Ainsi, le creux économique, qui augmente sans cesse le taux du chômage en France (et dans tous les pays d'ailleurs), l'économie capitaliste étant basée sur le principe de l'offre et de la demande (et viva la BundesBank), reste caché par des filières scolaires plus longues (bacs en tous genres) et plus spécialisées (IUT, écoles de commerce, y a t-il vraiment besoin d'apprendre à vendre des boîtes de conserve?), par de pseudo-formations (bac de dactylo G1) avec de pseudo-stages en entreprises qui n'aboutissent jamais à un emploi. Le calcul est simple: plus le temps des études est long, moins le nombre des chômeurs est imposant. Néanmoins, on pourra m'objecter que l'espérance de vie augmentant, un nouvel âge se crée, celui de la post-adolescence, comme celui de l'adolescence naquit dans les années 1950.

4°/ Est-il bien sérieux de croire que, vu la complexité de l'enseignement des sciences exactes, traduire Pagnol en français réformé (car c'est ce qu'il faudra bien faire à plus ou moins court terme si la réforme est adoptée par les enseignants) va aider les jeunes à trouver un emploi? Mais il faut bien voir que cette réforme à tous les Français moyens d'être fiers de la progression scolaire sans encombre de leurs rejetons, car si la réussite dans les mathématiques est devenue la référence, le système du début de siècle, où les études littéraires étaient celles de l'honnête homme, a encore la vie dure. De plus, les professeurs n'auront plus à se compliquer la vie à enseigner syntaxe, conjugaisons,... Quel gain de temps pour une société sur-efficiente! Et un nombre imposant (80 %, peut-être 100 %?) de bacheliers assiéra la position de la France dans l'Europe naissante (ainsi, l'enseignement japonais, à cause de ses nombreux bacheliers, a toujours été un exemple). Pour la politique intérieure de l'Etat, la réforme permettra de faire croire de manière beaucoup plus palpable à l'égalité des chances et de donner une pérennité plus sûre au système oligarchique de notre "*démos-cratie*", offrant, comme avant l'instauration d'un enseignement libre et obligatoire pour tous, une éducation de choix (avec apprentissage de la langue) à la pro-géniture d'une certaine nomenclatura bourgeoise et une éducation plus que sommaire à l'ensemble du peuple, avec des bacs-dortoirs, des études-mouroirs et un futur de gastéropode avec pour horizon les ZACs et les ZUPs et comme lumière du bidon-sheba en boîte à nounours. Pour paraphraser Lewis Carroll, c'est anticiper le passé et porter toutes ses rétrospectives sur le futur (*sic*) ou encore l'art de transformer en progrès une régression, grâce à des coups de rhétorique dans les articulations du genoux (on notera qu'une publicité prônant l'égalité des chances scolaires dans les Hauts-de-Seine fut bizarrement lancée concomitamment au projet de réforme de l'orthographe).

Je rapprocherai enfin cette réforme de l'assassinat de la 5ème chaîne de télévision, soit-disant en déficit. Franchement, M. Berlusconi, qui n'est pas un novice dans l'audiovisuel (si?), aurait volontiers racheté la 5, mais ce lui fut interdit (non?). Si Mitterand voulait se refaire une vertu, il aurait dû commencer par ne pas fréquenter Bousquet, ni favoriser l'émergence du Front National pour de basses raisons de politique: diviser pour mieux régner (ça lui aura bien servi, au vieux chameau, deux septenats il nous aura emmerdé). Et Berlusconi il était d'extrême droite dès la première fois où le gouvernement français, *via* Tonton, lui avait permis d'ouvrir une 5ème chaîne en France, alors les revirements de slip du vieux pimpon de l'Elysée...

Et, à part TF1, ultra-populiste avec ses reality-shows, ses Drucker, Foucault, Sabatier et Sébastien, et Canal+, payé par ses adhérents, combien de chaînes ne sont pas en déficit et répondent à leurs objectifs? A2, FR3? M6, où il y a plus de jeux que de clips et plus de présentateurs que de téléspectateurs? aucune ne partage le monopole de l'audience avec TF1 (la conclusion coule de source). Et quant aux programmes à haute teneur culturelle... On repassera.

La preuve que la 5ème n'était pas si imbécile: elle a su reprendre le principe, notablement délaissé depuis l'arrivée du salaud despote Mitterand (comme dit Bigard, avec la droite tu t'attends à te faire enculer, alors tu serres les fesses, avec la gauche, au contraire, tu te détends, tu as confiance, et c'est ça le pire, parce que tu te fais enculer plus profond) au pouvoir en 1981, des shows à grand spectacle du type de ceux des Carpentier (que reprendra à son tour TF1, en particulier avec *Succès Fous*, émission nostalgique présentée par Christian Morin, Philippe Risoli et Patrick Roy, et *Sacré Soirée*, présentée par Jean-Pierre Foucault), ainsi que rediffuser des séries états-uniennes classiques. Parallèlement, elle a acheter de nouvelles séries, faisant découvrir à la France les séries allemandes, notamment Derrick, abondamment rediffusée par France 2. Peu avant de disparaître elle acheta les droits de *Twin Peaks*, également repris par le service public, tout comme d'ailleurs l'émission *Que le meilleur gagne*, qui a rendu célèbre Nagui.

Mais pourquoi? Oui, alors pourquoi la 5? To be or not to be? Pour poser un pétard foireux dans le PAF (quittez le magasin, chat va chlinguer!). Quel est-il? Il porte nom la 7, ou ghost-channel, ou bien Blietz-Krieg. C'est la chaîne Intellectuelle par dessus tout, celle qui est tellement profonde que souvent, elle fait trou noir... Elle nous ressert en pots plastiques, en fast-food pour intellos bidons qui naviguent entre le bar-tab de France-culture et les samedis soirs made in Plouelec-sur-Reefs, mais avec oh combien moins de talent, des trucs d'androïdes mal dans leur pendule nucléaire asexuée.

Culturelle, que fait donc Arte de plus que TF1 ou M6 lorsqu'en octobre 2001, parallèlement à *Star Academy* ou *Popstars*, elle nous propose la série allemande comparable *A l'école des Pom-Pom Girls*.

La 7, c'est la Nouvelle Vague et Beckett passés au shaker des contorsions et des systoles comiques d'un chimpanzé-aérophage qui s'appelle Volonté Politique. La 7, c'est trois malades et un tondu schizo qui croient dire des trucs impérissables en privilégiant un discours parallèle (et souvent très éloigné) sur le sujet en principe traité (je pense particulièrement à l'émission de Jean-Christophe Averty sur Toulouse-Lautrec, récemment retransmise sur FR3, à l'occasion de l'exposition sur le peintre).

Pourquoi jeter par le trou des WC la 5 alors? Si, comme le n° de *Quipos* sur l'émission *Reportages* qui traitait des surdoués l'a très bien montré, l'information est orientée (et quoiqu'il en soit toujours subjective, même malgré elle), la 7 a cet avantage de lancer en pâture à l'oeil et à l'oreille avides et ébahies du zapeur gogo et baba un message intelligent.

- Lui: "*Was ist das? Was ist das? Arch, mein kleine, kleine Mutter! Mein grosse, grosse blind lieben!*"

Comme nous en a mis en garde dans les années 1968-1970 le génial Patrick Mac Goohan dans le 6ème épisode du *Prisonnier* intitulé *The General*, c'est ainsi que nous dérivons dans le Séhol d'une société normative, pasteurisés par les intellectuels que nous méritons, B.H.L., Jacques Lang, Philippe Rizzolli tous les jours à 11h30 sur TF1 et Julien Lepers tous les soirs à 19h30 sur FR3.

Je citerai ici le Professeur (le Général), le n° 2 et le n° 6 (le Prisonnier):

"C'est le Professeur qui vous parle. J'ai une déclaration importante à vous transmettre. Vous avez été joués! L'enseignement accéléré est une abomination, c'est de l'esclavage! Si vous voulez devenir libres, il n'y a qu'un seul moyen, détruire le Général! Vous avez bien compris ce que j'ai dit! Le Général doit être détruit!

N° 2 (sur un ton emphatique) - (...) Cet appareil, avec la masse de ses circuits, est aussi révolutionnaire que la fission nucléaire! Grâce à lui, plus de temps perdu à l'école. Plus de leçons fastidieuses à apprendre par cœur! A la place, un cours brillamment conçu, transmis par un professeur de premier ordre, appris d'une façon subliminale, vérifié et corrigé par une autorité infaillible... Et qui nous donne quoi?

Prisonnier (sarcastique) - Un rang de légumes!

N° 2 - Oui, c'est exact. Mais des légumes riches de connaissances.

P. - Mais quel genre de connaissances?

N° 2 - Jusqu'à présent l'histoire du passé... Mais nous allons sous peu **faire la nôtre**...

P. - Napoléon (la version fr. l'a remplacé par Hitler) *aurait dû l'utiliser!"*

En effet, *"la culture c'est ce qui reste quand on a tout oublié"* (Emile Henriot, 1889-1961), c'est un processus de recherche individuelle et, surtout, intellectuel (on rappellera pour mémoire qu'avant la réforme de l'orthographe - or l'on sait que l'on ne maîtrise bien sa pensée qu'en maîtrisant bien sa langue, la fin nécessite les moyen et, comme dirait Boileau, ce qui ce conçoit bien doit s'énoncer clairement -, M. Pivot nous avait déjà proposer une vraiment très stupide "bibliothèque idéale", la culture à la petite semaine, quoi...; bien sûr, on ne parlera même pas des *Championnats de l'orthographe* ni *Des chiffres et des lettres*).

Tout ceci fait que, comme Voltaire, *"Je suis homme, et cela suffit pour que j'ai honte"*.

Chère María Leonor,

Je ne sais pas si tu comptes toujours m'écrire, comme tu me l'avais dis au téléphone, mais comme promis, je t'envoie un plan de travail pour ton cours sur l'histoire de l'art. J'espère qu'il sera suffisamment clair et qu'il pourra te servir.

Comme je te l'ai dit, j'ai une maîtrise d'Histoire de l'Art et un D.E.A. de Littérature Comparée, je suis inscrit en doctorat dans ces deux matières, et j'ai déjà publié deux articles dans des revues françaises. Mais, comme tu le sais aussi, il n'y a pas de cours en doctorat, aussi je ne fréquente pas régulièrement les Universités. Je t'envoie donc des éléments de réflexion basés sur les cours que j'ai suivi dans les années précédentes et sur mes recherches personnelles, mais je pense que mes conseils pourront t'intéresser et t'être utiles.

MODELE DE PLAN DE COURS D'HISTOIRE DE L'ART

A vrai dire, je crois qu'il n'y a pas de modèle de cours. Les professeurs français basent surtout leurs cours sur les exposés des élèves. Ils leurs donnent plusieurs sujets, que les élèves travaillent chez eux, et dont ils présentent un résumé oral en cours. Ils rendent en plus un résumé écrit d'une dizaine de pages au professeur qui fait ensuite la moyenne des deux notes (orale et écrite).

bibliographie sommaire:

Je te conseille de préparer ton cours à partir des ouvrages des auteurs suivants (je te donne les titres en français), si tu peux les trouver:

1°/ Erwin Panofsky, *Idea*, et plus généralement tous les ouvrages de cet auteur te seront utiles

2°/ Ernst Gombricht et Heinrich Wölfflin, qui ont surtout étudié l'aspect psychanalytique de l'histoire de l'art

3°/ Sur la psychanalyse de l'art, regarde aussi Freud, *Malaise dans la civilisation* et Carl Gustav Jung

4°/ Des ouvrages généraux comme ceux de André Chastel ou l'*Histoire de l'Art* de Elie Faure pourraient te servir. Prends surtout soin si tu le peux de trouver des "*Univers des formes*" et "*Tout l'oeuvre peint*" des artistes qui t'intéressent (je pense qu'il existe des éditions en espagnol de ces deux collections qui à l'origine sont italiennes).

Les 3 "points" d'un cours d'histoire de l'art

En général les cours sont soit:

1°/ thématique: par exemple tu peux parler des peintres de natures mortes ou des peintres de paysage

2°/ géographique: tu peux choisir d'étudier l'art français, espagnol, russe, etc.

3°/ historique: tu peux choisir l'époque qui t'inspire le plus.

Les grandes périodes:

La classification traditionnelle des différentes époques en histoire de l'art et en littérature est la suivante:

a) préhistoire (elle se termine à peu près à l'époque égyptienne, vers 3000 av. J.-C. je crois);

b) l'antiquité (de l'Egypte ancienne et des premiers peuples organisés en cités sur le bassin méditerranéen, à Gérico, jusqu'à la conversion de Constantin au christianisme en 313 après J.-C. et à la chute de l'Empire romain d'Occident au Vème siècle);

c) le Moyen Age (des invasions barbares en Europe jusqu'à Giotto et Dante, en 1300 - le Haut Moyen Age s'arrête à la fin de l'époque carolingienne, c'est-à-dire à peu près au XIème-XIIème siècles, les historiens ne sont pas tous d'accord, et le Bas Moyen Age va jusqu'au XIVème-XVème siècles);

d) la Renaissance (en Italie on considère qu'elle commence avec Dante et Giotto, mais dans le reste de l'Europe, on considère qu'elle débute plus tard, mais dans tous les cas, elle s'arrête au XVIIème siècle);

e) le maniérisme, le baroque, le style rocaille et le rococo. Là, c'est plus compliqué, mais en gros le rococo succède au baroque. Si tu veux, le maniérisme, fin du XVIème et début du XVIIème siècle, correspond à la première période de Vélasquez, c'est-à-dire de fortes oppositions de couleurs entre les tons clairs et sombres, le baroque succède au maniérisme. Le baroque, XVIIème siècle, correspond à un intérêt marqué des artistes et des penseurs pour l'homme en lui-même, c'est pourquoi cette époque est surtout marquée en art par la naissance des "vanités", ce sont des tableaux qui représentent des crânes entourés de fruits et de "natures mortes", la morale de ces tableaux étant que tous les biens terrestres sont illusoires et que l'homme doit mourir. C'est pour ça que l'on appelle ces tableaux des "vanités" en référence aux termes du livre de la *Bible* intitulé *L'Ecclésiaste* dont le "refrain" est "*vanitas vanitatum et omnia vanitas*", c'est-à-dire "*vanité des vanités, tout est vanité*". Enfin le rococo, XVIIIème siècle, est surtout remarquable par son architecture, en Italie et en Allemagne, et de façon moins importante en France et en Espagne. L'Amérique latine a beaucoup d'églises "rococo", avec un goût marqué pour les motifs végétaux, feuilles d'acanthe et glands, et les façades avec plusieurs clochers - le style rocaille est la version française du rococo, qui lui est né en Italie, le rocaille est surtout un art des jardins, avec une grande importance donnée aux grottes ornementales.

Je me rends compte que cela est compliqué, mais je te conseille de lire: sur toute la période Michel Vovelle, *La mort et l'Occident de 1300 à nos jours*; ainsi que, sur le maniérisme, André Chastel, *Le sac de Rome, 1527*; et sur les antécédents du baroque, Alberto Tenenti, *L'art et la mort au XVème siècle*;
f) la période contemporaine (XIXème-XXème siècles).

Mais fais bien attention, les données temporelles peuvent être traîtresses. Par exemple, si l'art byzantin a directement influé sur l'art occidental et si la prise de Constantinople par les Turcs explique aussi bien les origines de la guerre de 1914 qu'elle marque d'une certaine façon la fin du Moyen Age en Europe (elle se situe en 1453, c'est-à-dire à la fin des grandes pestes et si je ne m'abuse de la guerre de Cent Ans), il se trouve que, si c'est bien l'art byzantin qui a influé sur l'art russe (l'art occidental proprement dit n'a eu qu'un bref lien avec ceux de l'Est avant la grande révolution de l'Art abstrait au XXème siècle, ce fut au XVème siècle par ce que l'on a appelé à juste titre l'"art international"), la Russie et les pays de l'Est ne sortirent du Moyen Age qu'au XVIIème siècle. (Panofsky a donc raison lorsqu'il écrit que l'année 1400 ne veut pas dire la même chose à Florence qu'à Paris, ou à Constantinople et à Kiev, à ce propos sur l'art russe, cf. les deux très bons volumes de Louis Réau).

Je te conseille donc vivement de toujours bien mettre en relief l'arrière-fond politico-religieux et économique du moment (surtout pour la période qui va du Bas Moyen Age jusqu'au XXème siècle, et qui est toujours liée à de multiples bouleversements, tels que la Réforme, la famine, la montée de la bourgeoisie marchande avec les drapiers, etc.), et de ne pas oublier de toujours situer ton raisonnement dans un contexte "spatio-temporel" très précis. N'oublie pas non plus l'extrême influence de l'art et de la culture musulmane et asiatique sur l'art et la culture occidentale (Marco Polo alla en Chine au XIIIème siècle et Colomb aux Etats-Unis au XVème, il y a aussi les comptoirs, en Afrique et en Inde, etc.). Sur la correspondance entre ces diverses cultures, cf. Jurgis Baltrusaitis, *La Quête d'Isis*, *Le Moyen Age fantastique* et *Réveils et prodiges*.

Les problèmes que pose un cours d'histoire de l'art:

Tu peux choisir de faire un cours de *pratique*, où il est surtout question des peintres et des oeuvres, avec beaucoup d'exemples, mais cela nécessite d'avoir accès à beaucoup d'ouvrages spécialisés. Par ex. si tu veux étudier les peintres de la Renaissance, il faut que tu connaisses bien leurs oeuvres **les plus réprésentatives** (j'insiste sur ce point), par ex. Poussin a peint *Les bergers d'Arcadie*, les *Quatre saisons*, *L'enterrement de Phocion*, inutile de t'attarder sur son *Retour de la fuite d'Egypte* ou sur des oeuvres de moindre importance. Si tu veux étudier les *Bergers d'Arcadie*, il faut *impérativement* que tu aies accès à l'article de Panofsky dans *L'OEuvre d'art et ses significations* sur ce tableau, sinon tu ne pourras pas en comprendre la teneur intellectuelle et tes étudiants non plus (sache simplement que Poussin a fait dans ce tableau une allégorie de la Mort, étroitement liée au thème de l'Age d'or, que Panofsky a étudié dans *Essais d'iconologie* - qu'il faudra aussi que tu te procures si tu veux comprendre l'allégorie du tableau de Poussin).

En outre, il n'est pas possible d'étudier un peintre particulier. Il faut faire un "*panorama*" des grands peintres et des grands mouvements d'un siècle. Ainsi les problèmes qui se posent sont les suivants:

1°/ choisir d'étudier une période mais sans choisir de pays particulier. C'est une bonne méthode pour un cours de débutants, mais si tu veux faire ton cours sur plusieurs années et suivre tes élèves tu auras ensuite intérêt à spécialiser ton cours;

2°/ la deuxième solution qui se présentera alors à toi sera de faire un cours sur une période et un pays ou un mouvement spécifique (les maniéristes en France par exemple). Mais cela pose un autre problème, comment avoir la documentation sur les peintres? Et si tu l'as, quoi choisir dans la masse d'informations que tu auras? Je prends un exemple du XVIIème siècle. Monsú Desiderio était un peintre français expatrié en Italie. Il peignait de grands édifices qui s'effondrent dans des atmosphères surnaturelles. La thèse la plus courante est qu'il était fou (cf. le Docteur Sluys et Pierre Seghers). Mais méfie-toi toujours des hypothèses trop faciles: c'est dans un article de Jean-Claude Lebenjsztein que se trouve la meilleure interprétation de l'œuvre du peintre: il s'agit en fait de "vanités" qui dépeignent, à travers ce que l'on appelle des "peintures historiées" (petits personnages dans de grands paysages) représentant des scènes bibliques traditionnelles (retour d'Egypte, etc.), la chute du paganisme et la victoire de la chrétienté (toujours représentée par un petit édifice en bois et en paille qui reste stable au milieu de l'écroulement des autres grands ensembles de pierre). A l'appui de cette théorie il faut noter que d'autres peintres ont peint la même chose que Monsú Desiderio. Un autre problème est posé par l'étude de ce peintre (car deux peintres ont été confondus sous le même nom: Didier Barrá et François de Nomé, c'est le second qui est l'auteur des toiles, mais cela c'est seulement dans d'autres articles, notamment celui de Charles de Tolnay dans la *Gazette des Beaux Arts*, que tu pourrais l'apprendre).

Je ne veux pas te décourager, mais te mettre en garde contre la facilité. Pour prendre l'exemple d'un peintre très connu El Bosco (Jérôme Bosch, 1450-60/1516), ne crois pas, comme cela a aussi été dit pour lui, que la prolifération dans ses oeuvres de figures monstrueuses soit le fait d'un fou, mais va plutôt chercher dans les livres de Charles Tolnay, etc., les interprétations alchimiques et proverbiales de l'œuvre.

Les grandes étapes de l'histoire de l'art:

Enfin, je te propose un petit rappel des grandes étapes de l'histoire de l'art:

1°/ Dans l'antiquité, il n'y avait que deux genres d'intérêt pour les arts: celui de Platon, *République*, X, qui n'y voyait que la perversion malfaisante de la Création divine (l'homme veut imiter Dieu en faisant des images de sa Création). Dans une célèbre comparaison, Platon écrit que Dieu crée l'essence de la table et la table elle-même, que l'artisan réalise seulement la table, alors que l'artiste ne fait qu'imiter l'image de la table, mais celle-ci n'a ni corps ni essence.

Le deuxième pôle d'intérêt de l'antiquité pour l'art est celui de la simple description des tableaux, les exemples sont nombreux: citons notamment Philostrate, *Images*; mais ils se multiplient surtout dans les récits de voyages (Pausanias, *Graeciae descriptio*; Pline l'ancien, *Histoire naturelle*, etc.).

2°/ La bataille des iconoclastes à Byzance (mais aussi dans les pays Musulmans) au VIIIème siècle correspond au moment où les théologiens s'interrogèrent sur le droit qu'avait l'homme de représenter Dieu. Comme ils considéraient qu'il était sacrilège de le représenter, ils passèrent à la chaux toutes les figures du Christ, et c'est pourquoi lorsque les anti-iconoclastes reprirent en quelque sorte le pouvoir, ils firent ajouter au bas des fresques de la *Crucifixion* un sceau de chaux, pour signifier ainsi ce qu'ils considéraient comme la "*deuxième mort du Christ*" (le fait de lui avoir barbouillé le visage de chaux sur les murs des Eglises);

3°/Ce n'est qu'à la Renaissance que reprit un discours sur l'art, mais il n'était pas encore celui de l'histoire de l'art. Il ne s'agissait que d'un discours sur les formes et le talent de l'artiste, cf. Michael Baxandall, *L'Oeil du Quattrocento*; Michael Podro, *Les Historiens d'Art*; et Panofsky, *Idea* (ce dernier ouvrage te donnera une vue de l'ensemble de la théorie des arts depuis l'antiquité jusqu'au XVIIIème siècle). De plus, l'art (sculpture, peinture) à cette époque reste fortement dévalorisé, puisqu'il n'est pas considéré comme intellectuel, mais comme manuel (c'est un "*art mécanique*" et non pas un "*art libéral*". C'est seulement avec Michel-Ange et Léonard de Vinci que cette vision change, puisque Michel-Ange est le premier à être qualifié de "*divin*", "*sublime*", (il fait ainsi entrer l'Art dans le panthéon des arts inspirés de Dieu, comme la poésie), et que Léonard, par ses écrits, s'ingénie à faire des arts l'image d'une expression intellectuelle et savante (il y a réussi, puisqu'encore aujourd'hui on le considère comme un génie), cf. par ex. Anthony Blunt, *La théorie des arts en Italie 1450-1600*;

4°/ C'est au XVIIIème siècle, avec l'esprit rationaliste, que les philosophes (Kant, Hegel, Lessing, etc.) ont commencé à classifier l'art. Mais ils sont restés sur le modèle formel de l'antiquité et de la Renaissance. Aussi leurs divisions se font-elles par genre (sculpture, peinture, architecture, etc.). Leur vision est essentiellement sensitive et non intellectuelle, elle découle des notions baroques de "*sublime*" et de "*je-ne-sais-quoi*" (qui en fait rangent l'art sur le plan du sentiment indescriptible et donc indicible, non intellectuel). Il faut donc que tu notes que toute cette pensée intellectuelle sur l'art (avec ses défauts, notamment de considérer l'art comme une "*muta poesis*" - "*poésie muette*") est directement issue de la *Poétique* d'Aristote (que tu dois connaître parce qu'elle a d'autre part donné son nom et fourni les bases les plus importantes à l'étude scientifique des oeuvres littéraires, tu peux d'ailleurs voir ça avec Nicolette);

5°/ Ils ouvrent néanmoins la voie à la théorie du XXème siècle. Le pas supplémentaire est fait au XIXème siècle par des intellectuels comme Michelet, qui donne une dimension politique à l'art, Lessing (au XVIIIème) qui lui donne une dimension historique, mais surtout par Champolion (qui déchiffra les hiéroglyphes) ou l'allemand Schliemann (découvreur de Troies et Mycènes), dont les travaux firent des arts et des signes du passé en général les véritables moyens de comprendre la mentalité de nos ancêtres. Leur pratique trouve son aboutissement dans le travail de Viollet-le-Duc, qui restaura la plupart des vitraux et des monuments français. Son travail (qui ne fut pas toujours fidèle à l'original), a l'intérêt d'avoir fait de l'art un matériau véritablement historique et *scientifique* (il ne faisait ses rénovations qu'à partir d'une étude très poussée des thèmes iconographiques de l'époque de l'oeuvre qu'il voulait restaurer);

6°/ Ces divers travaux des XVIIIème-XIXème siècles donnèrent naissance à la fin du XIXème siècle et au début du XXème siècle à une classification systématique des thèmes et des figures de l'art. L'histoire de l'art était née. Ce sont l'allemand Röscher, les français Salomon Reinach et Louis Millin, l'italien Visconti, qui, s'inspirant des recueils d'emblèmes des XVIème-XVIIème siècles (de Cartari, Gyraldi, Ripa, Conti, Baudoin, etc., mais sans le contenu moralisant), répertorièrent très méthodiquement toutes les oeuvres sculptées et peintes de l'antiquité. Pour le Moyen Age et la Renaissance ce furent le flamand Raimond Van Marle, et les français Emile Mâle et Louis Réau.

7°/ Les courants les plus intéressants, jamais égalés depuis, sont surtout ceux d'une part de Gömbricht, qui rapprocha l'art de la psychanalyse et de la sociologie (cf. aussi à un dégré moindre les travaux de sociologues comme Mauss), et d'autre part de la très célèbre école de Warburg (qui existe encore aujourd'hui, mais en Angleterre, non plus en Allemagne) dont sortirent Panofsky, Fritz Saxl et Raymond Klibansky notamment (ils furent notamment suivis par Friedländer, mais aujourd'hui malheureusement Jean-Pierre Vernant est sans doute, avec Gilbert Lascault, auteur d'un ouvrage de réf. sur l'iconographie des monstres, et Lebenjsztein, l'un des seuls descendants de la tradition profondément humaniste de cette grande école). Warburg et Panofsky, comme le suisse Franz Cumont, firent de l'histoire de l'art un véritable travail scientifique, en considérant que l'oeuvre est l'aboutissement des courants intellectuels, littéraires, philosophiques, artistiques, musicaux, etc., de son temps, comme l'écrivit Panofsky dans ses *Essais d'iconologie* (je te conseille d'ailleurs de consulter le tableau de son Introduction à ce sujet). Roland Barthes et la sémiologie reprirent d'ailleurs cette définition pour la littérature.

Voilà. J'espère ne pas t'avoir trop ennuyée, et j'admire ton courage si tu es arrivée jusqu'ici. Je n'ai pas d'autres indications importantes à te donner. Pour résumé, je dirais que je te conseille:

1°/ de commencer ton cours par une introduction générale sur les méthodes bibliographiques (c'est d'autant plus important que la documentation de tes élèves est très restreinte et qu'ils devront être d'autant plus intelligents dans leurs recherches) et sur la genèse de l'histoire de l'art en tant que méthode scientifique (même si moi je l'ai mis en dernier);

2°/ de continuer par étudier *au plus près* dans leur contexte intellectuel (en cela les oeuvres de Panofsky t'aideront beaucoup), et de manière aussi sérieuse que s'il s'agissait d'ouvrages littéraires. En d'autres termes essayes autant que possible de privilégier les sens sur la forme, ne t'attarde pas trop sur le style de chaque peintre (il se comprend toujours en réf. à celui de son époque). Mais une fois que tu auras planté le décor (c'est-à-dire décrit précisément les principales caractéristiques de chaque style, et que les élèves s'y seront habitués, tu peux pour cela envisager un jeu de devinettes, les tons très chauds des peintres flamands sont notamment très caractéristiques), attarde-toi plutôt sur le sens, le message caché, la "*substantifique moëlle*" comme disait Rabelais, de l'oeuvre (fais prévaloir la méthode iconologique sur l'iconographique, pour la définition de ces deux termes cf. l'introduction de Panofsky, dans *Essais d'iconologie*);

3°/ Enfin privilégie le dialogue avec les élèves, il ne pourra qu'en ressortir de bonnes idées. Fais leur faire des exposés, et essayez ensemble de comprendre à quoi correspond tel motif, etc. Ce sera je crois enrichissant pour toi et pour eux (c'est cette méthode qu'employait mon professeur d'esthétique en 1ère année de fac). (Parle-leur par ex. des correspondances entre leur culture et l'européenne, cf. ci-dessous.)

P.S.: L'histoire de l'art, une science sociologique

L'ouvrage de Jorge Eduardo Arellano, *Entre la tradición y la modernidad*, outre que tu peux facilement te le procurer, te sera précieux pour te familiariser avec la pensée et l'art du XXème siècle aussi bien au Nicaragua que dans les courants d'avant-garde européens. Je te conseillerais d'ailleurs d'inviter Arellano, qui ne peut qu'être intéressant à écouter pour des débutants qui cherchent à comprendre les grands mouvements de la 1ère moitié du XXème siècle (peut-être peut-il aussi t'aider en ce qui concerne l'art nègre, si tu étudie l'art contemporain je ne saurais trop te conseiller de ne pas passer à côté des masques africains, sur la cosmogonie africaine, cf. notamment Griaule, *Le Dieu masqué*). Essayes aussi si tu le peux de regarder des ouvrages de sociologues sur l'art populaire, cf. notamment Lajoux et Gaignebet, *Art populaire et religion profane au Moyen Age*. Mais il sera sans doute plus facile pour toi d'acquérir l'ouvrage d'un couple américain: Dorothy et Henry Kraus, *Le monde caché des miséricordes*, ou celui d'une autre anglophone: Catherine Johns, *Eros dans l'art antique*. Ne dédaigne jamais de parler de l'art populaire, même s'il est parfois scatologique, il permet toujours de comprendre les fondements profonds de notre société. De plus, l'art profane (les représentations du zodiaque) sont très importantes car elles sont directement en lien avec la tradition antique et qu'elles permettent de pénétrer la signification profonde des représentations religieuses (notamment chrétiennes) postérieures, cf. Panofsky, *La mythologie classique dans l'art du Moyen Age* et *Saturne et la Mélancolie*. Je te conseille aussi fortement d'étudier les sociologues de l'art parce qu'ils montrent l'interdépendance qui existe entre l'art et la pensée des Indiens d'Amérique et l'art et la pensée d'Europe (il y a même une théorie assez crédible qui veut que l'Amérique ait eu des relations avec l'Europe depuis l'antiquité et les Celtes, cf. la thèse de l'américaine Heinke Sudhoff, *La découverte de l'Amérique aux temps bibliques*). Pense donc toujours à bien mettre en relief que la culture est universelle et qu'il n'y a *pas* à proprement parlé de culture française ou italienne, etc. La Belgique fut envahie par l'Espagne pendant plusieurs siècles, *idem* de l'Angleterre par la France, de l'Espagne et du Sud de la France par les Musulmans (Grenade en Espagne en est un magnifique et célèbre exemple). Autre chose encore, la plupart des grands peintres français du XVIIème siècle étaient lorrains, or à cette époque la Lorraine était indépendante (elle l'est restée jusqu'à la fin du XVIIIème siècle). Parle donc aussi de l'apport formidable des Celtes, des Gréco-Romains, des Egyptiens, des hordes barbares (tout le Nord de l'Italie et l'Allemagne jusqu'à l'Est de la France fut profondément marqué par l'invasion et l'art des Scythes, et plus tard des Lombards), des Byzantins (aussi bien en Russie et à l'Est qu'en Europe occidentale) et des Musulmans, je crois que ce n'est pas superflu, car ces apports trop souvent oubliés resurgissent toujours au premier plan (lis aussi les grands théoriciens et philosophes, ils t'aideront à comprendre les théories artistiques, Ficin, Pic de la Mirandole, Suso, les Pères de l'Eglise (les éditions Aguilar ont publié *Los evangilios apocrifos*, dans la collection "*Biblioteca de Autores Cristianos*", en 1988), ou demande à Nicolette si elle veut te faire un "topo" - sache par exemple qu'au premier plan de l'art de la Renaissance et du XVIIème siècle sont les débats théologiques, cf. Chastel, *La sac de Rome, 1527*, etc.).

N'hésites surtout jamais à recourir aux comparaisons entre cultures (je t'avais parlé il y a un an des nombreux points communs entre les fêtes et les représentations avec des squelettes du Nicaragua et ce que l'on a appelé l'"'art macabre" à la fin du Moyen Age en Europe, *Ars moriendi, Danses macabres*, parles-en éventuellement à Nicolette, elle connaît peut-être, ou à un historien de l'art du Nicaragua, je suis sûr que quelqu'un pourra te renseigner plus précisément). De même, la sociologie (les ouvrages de Mircea Eliade ou Pierre Saintyves notamment) montrent la persistance dans le substrat culturel de *toutes* les cultures (africaine, américaine, asiatique, européenne) de mythologies "simples" (celles de la Terre, de la Lune, du Soleil, etc.). L'art s'en ressent bien évidemment!

Bon courage. (Les indications précédentes ne sont bien sûr ni exhaustives ni rédhibitoires - si tu préfères, tu peux choisir de ne pas en tenir compte et de faire autrement...).

Amicalement,

Nom du produit: "Les après-midis du Grand Vanzay"
Description: Transformation de fruits et légumes en conserve (confitures, plats végétariens en conserve, hydromel, eau-de-vie,...).
Particularités: Production d'aliments exclusivement végétariens (sans viande ni poisson), typiques et exotiques, particulièrement des spécialités oubliées ou méconnues.
Types de produits: 1°/ Priorité donnée aux recettes traditionnelles du terroir, aujourd'hui oubliées ou inusitées. 2°/ Recettes du monde, surtout plats exotiques aux mélanges inattendus.
Développement du projet: Dans un premier temps, uniquement des conserves d'aliments modifiés par la chaleur. Dans un deuxième temps, ou si possibilité de crédits et d'aides extérieures dès le départ pour l'installation (a priori onéreuse) du matériel adéquate à la transformation, production réfrigérée de produits traditionnels mais aux goûts oubliés et aux mélanges inhabituels: glaces (glaces, mousses, crèmes et sorbets à la cannelle, aux girofles, à la coriandre, à l'ambre, à la bière, au safran et à l'angélique confite,...) et tartes (à l'oseille, aux pistaches, aux betteraves, à l'oseille,...).
Exemples de produits envisagés à la production:
- Potages, soupes et purées: potage de fenouil; soupe dorée (à l'eau de rose); nulle (bouillie au lait) ambrée; bouillie fromentée (au lait et au citron); potage de guaux aux haricots rouges; purée de laitues à la menthe; purée de betteraves; purée de chicharros; etc. Sans oublier les préparations à partir d'un aliment traditionnel et aujourd'hui injustement oublié, le panais: potage au panais; panais confits; confiture de panais; cake au panais;
- Confitures: aux aubergines; au gingembre; aux noix fraîches; aux pistaches

confites à l'ambre gris; de roses; de raisins blancs au fenouil; de raisins muscat au gingembre; etc.

- Plats et desserts: ragoût de groseilles vertes; haricots rouges au riz; chou rouge à la flamande; choux de Bruxelles aux oignons; couronne de gruau aux fruits secs; pudding à l'indonésienne (thé et coco); etc.

- Liqueurs, eaux de vie et vins: eau de coriandre; vin d'iris; liqueur de jasmin; mandarines Wang-Yi (à l'eau de vie); vin aux épices (Bishop d'Oxford); liqueur de lys double; eau de céleri; eau de cannelle; vin de gingembre; ratafia d'estragon; liqueur d'œillets rouges; vin de roses trémières; hypocras; hydromels; etc.

- Vinaigres et condiments: vinaigre à la cannelle; vinaigre aux abricots et au champagne; condiment de dattes; condiment de mangue verte; condiment de tomates; condiment de pommes vertes; abricots sexs à l'huile d'olive; etc.

SYNOPSIS EN VUE DE LA TRADUCTION D'UN OUVRAGE SUR L'AVANT-GARDE NICARAGUAYENNE

traducteur: Norbert-Bertrand BARBE
6, square du Dragon
78150 Le Chesnay
docteur en littérature comparée
maître en histoire de l'art
auteur de plusieurs articles en histoire de l'art et
en littérature
traducteur de poèmes de Horacio Peña ainsi que d'un
célèbre recueil de Salomón de la Selva, "Le Soldat
Inconnu", en cours de publication dans la coll.
"OEuvres représentatives" de l'UNESCO

auteur: Jorge Eduardo Arellano
président de l'Institut Nicaraguayen de Culture
Hispanique;
membre de l'Académie de Langue;
auteur de plusieurs ouvrages sur l'art et la littérature
nicaraguayens

titre de l'ouvrage: "Entre la tradition et la modernité - Le Mouvement Nicaraguayen d'Avant-garde"

édition d'origine: Ed. Libro Libre, San José (Costa Rica), 1992

nombres de pages de l'édition originale: 198 p.

distinctions reçues: cet ouvrage, tiré de la thèse de l'auteur, soutenue à l'Université Complutense de Madrid, a reçu en 1986 la mention "magna cum laude" ainsi que le prix du XXXIXème Concours de l'Institut de Coopération Hispano-américaine pour les diplômés d'Amérique Latine et des Philippines.

description: étude historique et critique des origines du mouvement d'avant-garde nicaraguayen, notamment littéraire, entre 1927 et 1933, ainsi que des influences de l'art d'avant-garde européen sur son développement.

intérêt de la traduction: Il n'existe aujourd'hui aucun ouvrage disponible en langue française sur l'avant-garde nicaraguayenne, bien que celle-ci, profondèment influencée par les thèses de l'avant-garde européenne, entretienne de nombreux rapports avec elles. Cet ouvrage permet donc une approche des mouvements d'avant-garde d'Amérique Latine, domaine encore inconnu des historiens, historiens d'art et linguistes francophones, qui ne se sont intéressés qu'aux mouvements européens, notamment italien, français et russe. Or la connaissance qu'on peut avoir de ce passage crucial dans l'art et la littérature du début du siècle reste forcèment partielle et tronquée par ce manque.

Cette méconnaissance est d'autant plus dommageable à la recherche que, si les Français ont malgré eux laissé vierge ce vaste champ d'investigation, c'est un Etats-unien, le professeur Stephen White, qui a seul mis en évidence dans un autre ouvrage l'influence fondamentale des littératures française et états-unienne sur la poésie nicaraguayenne. L'ouvrage d'Arellano, qui est donc à la fois une introduction érudite à la pensée esthétique nicaraguayenne contemporaine en même temps qu'il en offre un panorama complet, est sans conteste un texte de base, indispensable à une ouverture de la recherche universitaire et scientifique sur le domaine Latino-Américain.

PROBLEMES DE TRADUCTION:

Liliom. luciendo. aujero. tufillo.

porque vos sos vos para tu bien y progreso.

El asco es la virtud fundamental. Dos disciplinas (cuya eleccion debaja libre el profeta).

Non fasto el Hado rie.

Hubo tambien quienes por otros medios hablaron. O Sombra que sos sin enterarte.

Poco recogió de sus caminos y a cambio, todo lo dejo en las longitudes: lo alzado de la barbilla la pulcritud del gesto.

Embarcado y con toda la cubierta para torpeza de la andadura.

Ruben sabia lo que supo cuando se vio montaña encadenada a un lirio.

Illimani o otro palabra que te nombre.

Te cuento: tu arbol nuestro que plantaste sigue en el patio y como vos, es cada vez mas grande y espera solo el momento del fruto.

uno que otro corazon avisado.

si de baldo le he dado mi dinero, si estos son mis lenguajes no seria mejor obtener un libro de romance y recitarlo solo para entrar en la presencia del Senor Gobernador.

Permitame ofrecerle ese lucero de la mañana que relumbra al otro lado del mar y esta jeringuita de oro para remediar al Cabildo Real.

Viene el Provincial y no tenemos provision... donde dejo al Provincial, en Managua o en Nindiri.

Y que dios lleve con bien al senor capitan que hace un ratito estuvimos con él tratando y contratando, y se lo llevó una bola de fuego.

OBJET: PROPOSITION D'UNE SERIE D'EMISSIONS SUR LES GRANDS COURANTS DE PENSEE EN SCIENCES HUMAINES AU XXème SIECLE

Titulaire d'une maîtrise d'Histoire de l'Art et d'un DEA de Littérature Comparée, inscrit en thèse dans ces deux matières, auteur de deux articles (dont un en voie de parution à la *Revue de la Bibliothèque Nationale*), et membre de la Société Française de Littérature Générale et Comparée (veuillez trouver ci-joint mon CV), je me permet de vous écrire afin de vous présenter un projet pour une série d'émissions sur les grands courants de pensée en Sciences Humaines au XXème siècle.

Il s'agirait d'une série d'une dizaine d'émissions à peu près, qui aurait pour but d'offrir un panorama aussi complet que possible, sans cependant vouloir être exhaustif, des plus importants penseurs de notre temps. Ces émissions seraient centrées, non pas sur les Sciences Exactes, mais sur les Sciences Humaines (psychologie, sociologie, etc.), afin d'ouvrir une voie encore inexplorée par la télévision française.

Chaque discipline serait vue à travers deux auteurs qui ont véritablement bouleversé notre façon de penser. En Linguistique/Sémiologie: Saussure et Barthes; en Histoire de l'Art: Warburg et Panofsky; en Sociologie/Ethnologie: Saintyves et Frazer; en Histoire des religions: Dumézil et Cumont; en Psychanalyse: Freud et Jung; enfin, dans les "inclassables", ou si l'on veut dans la théorisation de la pensée enfantine: Bettelheim, Propp et Piaget, les deux premiers faisant lien à la fois avec Saintyves et Freud. Un dernier volet pourrait s'intéresser à la pérennité de leurs doctrines (Alpatov, Lebenjzstein, Lascault, Todorov, Kristeva, etc.).

Ces auteurs, choisis pour leur spécificité, offrent tous une vue nouvelle dans leur partie. Ainsi, en marge des écoles de Wölfflin ou Blunt, Panofsky, disciple de Warburg, a fait de l'Histoire de l'Art une véritable science, en la faisant passer d'un pure commentaire esthétique ou psychanalytique, à une étude sérieuse des mécanismes de pensée d'une époque. Il interpréta par exemple *L'allégorie de l'amour sacré et de l'amour profane* du Titien comme une interprétation savante de la théorie néo-platonicienne et ficinienne de l'*Amor dei* et de l'*Amor humanus*. De même, Barthes, loin de Kristeva ou même de Todorov, posa comme base de l'analyse littéraire la sémasiologie et non plus l'onomasiologie. Ainsi, Panofsky se définit-il comme un continuateur émérite d'Aristote et Lessing, et Barthes de Goethe et Nodier.

C'est cette distance de ces personnages avec les poncifs de leur temps et l'importance de leur apport que nous nous proposerions de montrer au travers d'une relation de leur vie et de leur oeuvre, non pas de façon doctrinale, mais par des exemples, des images (peintures étudiées par les historiens d'art, lieux de culte et statues cultuelles pour les ethnologues, éventuellement entretiens avec des adeptes de ces diverses doctrines, etc.).

Par ce biais, nous tenterions simultanément de montrer comment s'est opérée l'absreption de la culture populaire par la culture savante, notamment grâce aux ethnologues (citons les études de Gaignebet sur le folklore obscène des enfants ou de Lascault sur l'art des fous). Dumézil et Frazer nous porteraient aussi à nous interroger sur les origines de nos coryances (liens du monothéisme, voire du christianisme, avec les antiques triades hindo-européennes, etc.).

Chaque émission serait donc divisée en deux parties, qui pourraient durer d'une demi-heure à une heure chacune. Il ne s'agirait bien sûr pas d'une "table ronde" ni d'une émission de débat, mais d'une série documentaire dans la veine de celle que vous aviez faite sur les grandes oeuvres picturales de la période moderne et contemporaine.

Dans l'attente de votre réponse, et en espérant une suite favorable pour ce projet, veuillez agréer, Madame, Monsieur, l'expression de mes sentiments distingués,

1° - Echange pédagogique: programme d'échange pour les élèves avancés nicaraguayens (2ème-3ème année) et français (D.E.A., doctorat). Logement et frais pris en charge par l'université d'origine (avec aide d'ambassade de France pour ceux de la UNAN?).

2° - Professeurs invités: échange de professeurs nicaraguayens et français entre la UNAN et l'université d'Orléans. Logement sur place pris en charge par la UNAN pour professeur français?

3° - Programme d'analyse et de traduction des auteurs nicaraguayens classiques et modernes. Etude comparatiste des influences européennes et nord-américaines sur la littérature et l'art nicaraguayens (cf. travaux de Stephen White, et Arellano).

* Pour la période moderne (XVème-XVIIIème s.): étude des interactions entre les littératures nicaraguayenne et européenne dans le théâtre dit de Miracles (notamment les pièces sur la Vierge dans la littérature centraméricaine). Analyses du *Güegüence*, de l'*Ollantay* (Pérou) et du *Rabinal Achí* (Guatemala). Rôle et symbolisme du personnage du vieux Güegüence, épigone d'un dieu saisonnier (cf. les rites associés à la représentation de la pièce et sa date traditionnelle de représentation en janvier-février et juin)? Intégration de ce type de pièces comiques dans les Miracles, sur le modèle européen.

Important: cela permettrait d'ouvrir à l'analyse de la mythologie indienne et d'un comparatisme folklorique mondial (à partir peut-être des ouvrages de Milagros de Palma - existent-ils en français?), en développant et critiquant les analyses de Jung (*Le Fripon divin*). De plus, il me semble que la pensée des Indiens de l'Amérique Centrale et du Sud n'a pas été beaucoup étudiée par les folkloristes, en outre du fait que les folkloristes français et européens en général semblent avoir totalement laissé de côté l'étude du milieu Indien (que ce soit d'Amérique du Nord, Centrale ou du Sud) dans leurs travaux d'approche comparatiste de la mythologie. J'en veut pour preuve le peu de travaux en langue française sur le sujet actuellement disponibles (en plus du fait que les études folkloriques, ceci expliquant cela, n'ont plus de véritable chef de file). Seuls certains psychologues, comme Jung ou Devereux, mais aujourd'hui tous morts, avaient un peu abordé le sujet.

En art: influences et interdépendances des représentations macabres européennes et nicaraguayennes (danses des morts,...); architecture, etc.

* Pour la période contemporaine: influences par ex. d'Apollinaire ou de la littérature classique (Ovide, Hésiode) sur Salomón de la Selva (respectivement dans *Le Soldat inconnu* et dans *La Grande Famille*); intégration des thèmes et symboles de la littérature européenne et spécificité de la pensée indienne chez Ernesto Cardenal et Horacio Peña; influence du milieu européen (et français en particulier?) chez des auteurs contemporains (Carlos Maturana). L'influence de l'Espagne chez Raúl Orozco. Le modèle européen dans la littérature de Coronel Urtecho.

L'analyse de ces oeuvres permettrait me semble-t-il d'étudier la persistance particulière en Amérique Latine du sentiment religieux, prégnance qui permettrait de "rebondir" sur les questions de folklore (c'est-à-dire de mythologie indienne) soulevées par la traduction des ouvrages classique, ainsi qu'on vient de le voir. On pourrait ainsi penser à étudier la persistance du christianisme et du substrat de la mythologie indienne dans le monde nicaraguayen contemporain, et, par extension voir comment, chez De la Selva par ex., ce sentiment est parallèle de celui de nationalité, et plus particulièrement d'une nationalité ressentie comme l'expression d'une "indientude" - au sens ou l'on parle de négritude -, à la fois face aux U.S.A. et face au pays développés). Peut-être cela permettrait-il l'ouverture sur une étude sociologique de ce sentiment, corollaire de la traduction d'ouvrages sur la place économique et politique du Nicaragua et de son développement dans le monde contemporain (cf. les publications de la UNAN). En effet, il n'existe quasiment aucun ouvrage sur le Nicaragua en langue française.

En art: traduction d'ouvrages de synthèse et d'analyse: sur l'avant-garde nicaraguayenne (Arellano), sur l'influence des littérature nord-américaine et française sur la littérature du Nicaragua (White).

3" - A noter que ce type de travaux (traduction et analyse d'auteurs classiques et modernes) ont déjà été entrepris pour leur propre littérature par des universités d'Amérique Centrale (comme au Mexique je crois).

* Peut-on envisager un programme plus vaste? Traduction d'ouvrages techniques français en espagnol, traduction en espagnol (et français?) d'ouvrages importants de la pensée scientifique, non traduits aujourd'hui: par exemple ceux de l'Ecole de Warburg.

Peut-être faire connaître la littérature francophone inconnue tant du milieu français qu'espagnol (programme de publication bilingue français-espagnol d'ouvrages d'Afrique noire, récits cosmogoniques et ouvrages littéraires).

4° - mise en place d'une méthode de FLE adaptée à l'apprentissage du français au Nicaragua (ou, plus généralement, à l'Amérique Centrale), cf. la proposition de Nicolette Gianella.

Ce programme permettrait la valorisation des travaux des professeurs de la UNAN et le développement du département de français. Cette rénovation permettrait je crois de faire du département un centre intellectuel de "forces vives", non seulement à l'avant-garde de la coopération entre la France et l'Amérique Latine mais aussi, s'il était possible de développer le projet comme je le propose (cf. les 3°, 3" et 4°), de la connaissance de la civilisation et de la pensée francophone *et* hispano-américaine dans le monde en permettant d'insister tout à la fois sur les interactions et les particularismes de chacune des deux cultures. La coopération qui pourrait alors s'établir avec l'université d'Orléans ferait, par contrecoup, si les professeurs de celle-ci acceptaient de participer à ce projet, un modèle tant dans le domaine de la coopération intellectuelle que dans l'aide au développement de la francophonie face à l'anglais.

Cher Monsieur,

Comme convenu, je vous envoie les deux volumes de ma thèse sur "Roland Barthes et la théorie esthétique". J'y ai depuis apporté quelques modifications, mais rien de très important, c'est pourquoi je me permet de vous envoyer le tirage dont je me suis servi pour la soutenance.

Pour l'intervention que vous m'avez demandée, j'ai pensé qu'il serait intéressant d'aborder la relation de l'art aux textes. J'hésite à traiter le caractère "mythologique" de cette relation (le caractère religieux de l'approche sémiologique de l'art, au travers notamment de l'opposition néo-stoïcienne entre un langage qui serait intellectuel - le texte -, et un autre qui serait corporel - l'art en tant que *pathos* -), mais il me semble peut-être plus important de proposer une théorie de l'art qui en permette l'analyse, plutôt que de rendre compte d'un questionnement.

C'est pourquoi, je pense que dans un premier temps, je pourrais rappeler brièvement les six types d'analyse de l'art:

- celle de la philosophie: élaboration d'une hiérarchie des arts (chez Hegel notamment);

- celle de la littérature: approche linguistique - d'ailleurs paradoxale - du phénomène artistique en tant que non langagier (Barthes, Todorov);
- celle de la psychologie: idée que l'art s'explique par les pulsions (inassouvies) de l'artiste (idée largement développée depuis Freud);
- celle de l'histoire de l'art: étude historique (biographie du peintre) et critique (intérêt pour les qualités plastiques de l'oeuvre, ainsi que pour le genre et le style dont elle est issue);
- celle de la sociologie: étude de l'oeuvre comme produit (Bourdieu, Antal), dans laquelle l'artiste est moins vu comme interprète de la pensée de son époque qu'au travers de son statut; ainsi cette optique peut s'intéresser soit aux commanditaires (l'artiste étant relégué au second plan) soit à la classification (d'origine philosophique et critique, comme chez Mauss ou Antal) de l'art par styles et époques, afin de déterminer quels changements dans la conception de l'art cela a pu impliquer au travers des siècles;
- enfin, celle de l'Ecole de Warburg.

Bien sûr, cette définition est arbitraire, et il conviendrait de rappeler, pour mémoire, quelques auteurs qui ont pu échapper à la tradition de leur discipline (Develeux et Bettelheim pour la psychologie - comme dans une certaine mesure Jung -, et Robert Klein pour l'histoire de l'art).

En tous les cas, une fois posée cette division de l'approche par discipline, il serait plus facile de rendre compte des deux approches qui me semblent les plus fructueuses, celle de l'histoire de l'art et celle de la sociologie, tout en émettant quelques réserves sur cette dernière. En effet, l'analyse folklorique des mythes permet une sorte d'explication à la fois de l'objet d'étude (les contes ou les mythes eux-mêmes) et de la mentalité ou des rites qui permettent de les interpréter. Ainsi, en folklorisme, la mentalité sociale et les rites *expliquent* l'oeuvre, celle-ci permettant *par contrecoup* de *rendre compte* de la mentalité et des rites d'une époque. Or l'approche purement sociologique de l'art rend compte de la mentalité, bien qu'en ayant quand même tendance à parfois généraliser un peu abusivement (comme aussi les études stylistiques en histoire de l'art), mais sans expliquer l'oeuvre, qui ne paraît plus au centre de la problématique. Or, me semble-t-il, cela est contradictoire avec la notion même de sociologie de l'art (si toutefois on la définit comme l'analyse sociologique des oeuvres d'art, et non comme l'analyse des mentalités *par le biais* des oeuvres d'art).

A cet égard l'étude de Panofsky, Saxl et Klibansky sur *Saturne et la Mélancolie*, bien que faite dans une perspective d'histoire de l'art, répond à cette nécessité de double interprétation, en expliquant parfaitement les mutations de la mythologie de Saturne et de la conception de la mélancolie de l'Antiquité à l'époque de Dürer, puis, à partir de là, en permettant par ce premier travail d'analyser correctement la *Melencholia I*. Mais les travaux de Baltrusaitis (notamment sur l'influence de l'expression orientale dans l'iconographie occidentale médiévale) peuvent aussi être cités en exergue.

Bien sûr, dire que la combinaison des conceptions de l'Ecole de Warburg et de la sociologie de l'art (qui s'orienterait vers une méthodologie folkloriste) me paraissent les plus adaptées à l'analyse des oeuvres ne consiste pas à vouloir faire un consensus de principe, mais bien, si je puis dire, à "choséifier" l'oeuvre d'art, c'est-à-dire à en faire le centre de l'analyse, à la fois comme révélateur de la mentalité d'une époque, et comme entité propre, qui demande à être analyser pour elle-même.

Les deux options ne sont pas contradictoires, et, plus encore que le folklorisme (dont le meilleur exemple est peut-être l'ouvrage de Gaignebet et Lajoux sur *L'art profane et la religion populaire au Moyen Age* - qui répond aux deux exigences précédemment définies -), les *Mythologies* de Barthes me paraissent en faire la preuve (même si je reste très réservé quant à son opposition entre la civilisation cultivée des lettrées et celle populaire et inculte des expositions - opposition basée à la fois sur une pensée néo-platonicienne et sur un élitisme dont l'origine s'explique par son analyse uniquement linguistique de l'art).

Ainsi, malgré le caractère trop traditionnel de l'exégèse artistique chez Barthes, son approche sémiologique (même s'il l'utilise essentiellement pour l'étude littéraire) doit permettre de démontrer, en correspondance avec la théorie panofskienne (empruntée à Giovanni Battista Paggi et reprise par Wittkower) - qui propose d'analyser l'oeuvre au travers des textes (qui, à la différence des oeuvres d'art, sont directement signifiants, "parlants" et illocutoires) -, que l'art est l'expression de la mentalité d'une époque et doit être étudié comme tel. De fait, Panofsky, dans sa définition des trois niveaux d'interprétation de l'oeuvre d'art, reprend la division de Mannheim.

Ainsi le texte devient le matériau de base de l'analyse artistique, en même temps que l'oeuvre, analysée comme entité propre (c'est-à-dire pour elle-même, comme le sont les mythes et les contes chez les folkloristes ou chez Develeux), permet d'ouvrir la voie à une sociologie de la culture (en tant que celle-ci rend elle-même compte de la mentalité d'une époque, et permet ainsi de l'expliquer), sociologie de la culture *par l'art*. Les preuves de la validité d'une telle méthode sont par exemple *Saturne et la Mélancolie* ou *La mythologie classique dans l'art de la Renaissance* de Panofsky, *La mort et l'Occident de 1300 à nos jours* de Vovelle, les travaux d'Ariès,...

En vous remerciant de l'intérêt que vous voulez bien porter à mon travail, je vous prie de croire, Monsieur, à mes sentiments dévoués,

PROJET DE RECHERCHE
sur une conception pluridisciplinaire d'étude systématique des oeuvres (dans une optique d'analyse sociale des mythes)

I - Présentation générale du projet
Mon projet de recherche vise au premier plan l'étude raisonnée des oeuvres d'art (au sens large du terme, c'est-à-dire comprenant la littérature aussi bien que les arts plastiques, ou, à un degré plus général, les mythes).

Il s'organise en outre autour d'un triple point de vue méthodologique, pluridisciplinaire et symbolique.

II - La question méthodologique
a) Les origines
Comme je l'ai évoqué, mon projet vise avant tout l'étude précise des oeuvres. Dans cette perspective, il convient tout d'abord de préciser quel est le "substrat" sur lequel il se base.

Deux grands courants d'analyse des oeuvres d'art semblent clairement s'affronter encore aujourd'hui. Le premier étant d'origine "esthétique", le second d'origine "analytique".

Le choix de ces termes pose sans doute problème, mais en l'absence de toute autre dénomination, il nous paraissent convenir.

Le premier courant, issu d'une tradition platonicienne, réduit l'oeuvre d'art à son contenu formel. L'oeuvre d'art n'est, de ce point de vue, que la combinaison plus ou moins réussie d'une organisation de formes (de couleurs, de mots, de notes, etc.) et des fantasmes de l'artiste. A mi-chemin donc entre esthétisme pur et psychanalyse, ce courant veut réduire l'oeuvre d'art aux sentiments (ou, pour employer une terminologie peut-être plus parlante, au "*pathos*") qu'elle produit sur le spectateur (Umberto Eco, Robert Klein, Barthes).

Ce courant a produit plusieurs sortes de travaux:

1°/ Critiques, ce sont des textes souvent écrits par les artistes eux-mêmes

(Géricault, Kandinsky, Itten, etc.) ou des romanciers s'essayant à la critique d'art (Michelet, Barbey d'Aurevilly, Malraux, etc.); ces textes sur l'art dérivent à n'en pas douter des discours de salons traditionnellement réservés à une élite de nobles ou de bourgeois se "piquant" d'esthétique. Michael Baxandall (*L'OEil du Quattrocento*, Gallimard) montre que ces salons se sont développés à la Renaissance, parallèlement au mécénat, et l'on sait quelle fut leur fortune au XIXème siècle.

2°/ Historiques; ces écrits sont l'aboutissement d'une longue tradition (Philostrate, Vasari) et la continuation logique de la vision purement formelle de l'art que nous venons de définir; ils offrent une vision que nous nommerons "exotérique" de l'oeuvre: le plus souvent, celle-ci n'est d'ailleurs même pas interprétée, et c'est la vie de l'artiste qui est disséquée;

3°/ Psychanalytiques; de Freud (*Malaise dans la civilisation*) à Jung, ce dernier type d'écrits vise le plus souvent à démontrer que l'artiste a été poussé à réaliser son oeuvre par frustration; cette théorie s'est, bien sûr, largement développée grâce à l'émergence de l'art contemporain (surréalisme, certains ready-mades d'inspiration scatologique, décomposition des formes cubistes, etc.); ce sont les peintres maudits qui en ont fait les frais (Bosch, Monsú Desiderio, Van Gogh).

L'ensemble de ces travers de la conception "esthétique" de l'art a été brillament démonté par Panofsky dans *Idea*.

Le deuxième courant, que nous avons nommé synthétiquement "analytique", trouverait peut-être sa source dans la tradition aristotélicienne de la *Poétique* (même si Aristote ne s'y intéresse que peu aux arts plastiques, et encore toujours du point de vue formel, il n'opère, à la différence de Platon, aucune hiérarchisation abusive des arts entre eux). Ce courant est surtout représenté par l'Ecole de Warburg (Saxl, Klibansky, Panofsky, Wittkower). Il semble qu'aujourd'hui ce courant soit largement délaissé au profit du premier.

Pour mémoire, j'en rappellerai les grandes orientations:

1°/ Historique: recherche des origines mythologiques, symboliques, etc., de l'oeuvre (cette recherche a pour but de répondre aux questions: d'où vient telle iconographie, que représente-t-elle?);

2°/ "*Symbolique*" (selon le terme même de Panofsky): recherche du courant de pensée auquel se rattache l'oeuvre (à cet égard, l'analyse du rapport entre les tableau du Titien et la théorie néo-platonicienne par Panofsky reste exemplaire);

3°/ Sociologique: ce dernier niveau cherche à trouver à quelles mutations de la pensée sociale ou intellectuelle correspondent les oeuvres (citons en exergue l'article de Wittkower sur le signe de bénédiction chez le Greco).

b) Ma méthode

Mon projet de recherche s'orientera donc vers la recherche d'une méthode qui satisfasse aux exigences analytiques du second courant que je viens de définir.

Autrement dit, comment aujourd'hui interpréter une oeuvre à la fois dans et hors de son contexte. Mon propos sera donc double:

1°/ Expliquer le sens intrinsèque de l'oeuvre par rapport à sa symbolique propre (que représente-t-elle, mais surtout de quel courant de pensée telle ou telle représentation est-elle issue?) et à son sens dans l'ensemble de l'oeuvre d'un artiste (quelle signification prend la récurrence de certains thèmes, etc.);

2°/ Expliquer le sens extrinsèque de l'oeuvre: d'où est issue telle représentation, tel thème, etc., sur un long terme (à une époque donnée ou depuis les origines).

Cette double perspective n'est pas neuve en elle-même, on vient de le voir. Cependant, là aussi, mon propos sera double: lui rendre ses lettres de noblesse; et développer une théorie correspondant à ce type d'analyse. Quelques ébauches de théorisation ont été faites (notamment par Panofsky dans l'"*Introduction*" aux *Essais d'iconologie*), mais aucune systématisation n'a véritablement vu le jour. *A contrario*, le courant "esthétique", paraît exploser sous les théories.

c) Vers l'oeuvre unique

Ainsi, l'originalité de mon projet est, je crois, cette opposition affirmée qu'il représente aux théories esthétiques.

1°/ Les théories esthétiques considèrent l'art comme un bel objet.

Je propose d'affirmer que l'oeuvre d'art, bien que faite pour correspondre aux préceptes esthétiques d'une époque (ou pour s'en distinguer, comme on le voit notamment dans les courants d'art modernes), est avant tout un objet à interpréter, autrement dit, non pas un bel objet - une "réalisation de l'Art" -, mais un élément qui offre un point de vue sociologique irremplaçable sur la pensée d'un artiste, et par là même sur celle de son époque. Pour paraphraser la célèbre devise suivant laquelle "la justice n'est que la recherche des usages fonctionnels", je dirais que l'art (littérature, musique, arts plastiques, etc.) est en fait l'expression des conceptions intellectuelles d'une époque et/ou d'une société. Autrement dit, et comme l'écrivaient Panofsky à propos de l'art et Barthes à propos de la littérature, l'une et l'autre sont l'aboutissement de la pensée de leur époque.

2°/ Les théories esthétiques considèrent l'art comme un tout insécable et tentent systématiquement de le hiérarchiser (Hegel, Mauss).

Je propose d'affirmer que l'art est multiple et, partant, qu'on ne peut le systématiser d'aucune manière, mais qu'au contraire, c'est la réflexion sur l'art qui doit être systématisée. Autrement dit, je propose de concevoir, *a contrario* de ce que proposent Hegel ou Barthes (la plupart des exégètes contemporains se rattachant, plus ou moins explicitement, à leur point de vue), que la pensée est inhérente à toute réalisation (il n'y a pas dichotomie entre la pensée de l'artiste, qui serait pratique, toute entière axée sur la matière - l'oeuvre à réaliser -, et celle de l'exégète, qui serait logique), et qu'en conséquence, à l'intégrité de l'objet, il convient d'opposer une pensée noétique en action et non un schéma préétabli.

En d'autres termes, il faut considérer que toute oeuvre, même la plus descriptive (que ce soient les descriptions de lieux ou d'objets de la littérature ou les peintures de la vie quotidienne, ce qu'on appelle couramment la peinture de genre), est du domaine de la pensée. La pensée en art, qui n'est autre que la représentation (au sens large du terme), se définit alors comme un langage codifié, qui correspond à l'évocation (visuelle, littéraire, etc.) d'un certain nombre de symboles (formels au niveau iconographique et linguistique, et mythologiques - je reviendrai sur ce terme - au niveau iconologique et sémiologique) qui recouvrent une signification constante dans la mentalité collective (ce sont, pour paraphraser la terminologie philosophique de Gilles Deleuze, des formes de "transcendance" - par exemple, les figures du Christ ou de la Vierge sont, au niveau formel, toujours reconnaissable, et de même le symbolisme divin du cercle est lui aussi, au niveau mythologique cette fois, toujours le même -).

Face à cette intégrité de la pensée en art, il est donc impossible d'opposer une vision statique et hiérarchisée des arts, dans laquelle on ferait entrer tant bien que mal des catégories extrinsèques. Barthes a ainsi voulu interpréter l'art à l'aide d'une conception linguistique et rhétorique (*Arcimboldo*). Hegel et Mauss à partir d'une distinction d'origine antique entre arts mécaniques et arts libéraux. Artaud, Huygues, Caillois, Malraux, Marcel Brion, Michel

Henry, Bernard-Henri Lévy, etc., au travers d'une vision historiciste (références constantes à la vie de l'artiste) et formelle (notion de beau) de l'oeuvre.

Dans tous les cas, ils se sont vus contraints d'en rester au niveau pré-iconographique (autrement dit formel) de l'analyse.

Il apparaît clairement dans ces conditions que l'analyse doit accepter de répondre à la pluralité des signes de l'oeuvre par une pluralité de conception. A chaque époque correspond une mentalité précise, à cette mentalité des symboles, à ces symboles des représentations.

3°/ Les théories esthétiques prétendent, comme on vient de le voir, que toute oeuvre rentre dans des cadres préétablis (hiérarchie des arts, prédominance des arts du langage sur les arts plastiques, etc.). En conséquence, elles la réduisent au plan *patho*-logique (au double sens psychanalytique et esthétique - sentimental - du terme, comme on l'a vu).

Je veux affirmer que l'oeuvre n'est pas, contrairement à ce que postule Eco (*L'OEuvre ouverte*), une émotion pure, dont le sens se réduit à ce qu'en pense chaque spectateur.

Ainsi, à l'idée que l'oeuvre est multiple et naît autant de fois qu'on la voit, je veux opposer l'idée très nette que l'oeuvre est une et que, pour paraphraser Duby, si l'exégète est toujours subjectif dans son jugement, son travail n'est pas de descendre au niveau d'un spectateur comme les autres, mais tout au contraire de minimiser dans son interprétation la part de subjectivité.

Ainsi, l'oeuvre n'est pas plurielle, c'est le point de vue dont on l'étudie qui varie. S'en suit que les sens ne s'accumulent pas, ne se multiplient pas à l'infini, mais s'entrecroisent en un tout ordonné, cohérent et logique, qu'il appartient à l'interprète de mettre à jour.

4°/ Les théories esthétiques postulent que, du fait des techniques différentes et de cette hiérarchie supposée des arts, il n'y a pas d'étude comparatiste possible des arts entre eux.

Je pense que tout au contraire, toute oeuvre, parce qu'à la fois elle est une production de l'esprit et a par conséquent un code symbolique de représentation très précis (elle répond à des régles de composition précises, dûes à l'époque et au mouvement artistique dont dépend l'artiste, de plus l'ensemble de ses thèmes renvoie toujours à un symbolisme précis, lui aussi dû à l'époque et au mouvement dont dépend l'artiste), que tout oeuvre donc est analysable selon un principe immuable: celui de la recherche du *sens*.

De fait, si l'on excepte les arts purement visuels, il est facile de prouver que tous les arts sont langagiers - et donc *discursifs* -. Le théâtre et le cinéma comprennent un texte et une mise en scène, comme la littérature. De même, la partition musicale répond à un code (qui dépend à la fois du genre - motet, valse, etc. - et de l'histoire racontée - cf. par exemple la personnification des différents personnages par les instruments dans *Pierre et le loup* ou dans *Casse-noisette*). Elle a donc très clairement un langage, au sens fort (*informationnel*) du terme.

En ce qui concerne les arts purement visuels cette fois (sculpture, peinture, etc.), on y trouve de même une codification de la représentation, qui dépend:

1°/ Du genre (portrait de cour, paysage, scène de genre, vanité) et du style (baroque, rococo, classique, etc.) de l'oeuvre;

2°/ De l'histoire (événement mythologique, commémoration d'un haut fait, évocation d'un personnage particulier, mythologique ou réel, etc.);

3°/ Du symbole (organisation de l'espace selon le symbolisme des formes en architecture par ex., cf. l'octogone - symbole de Dieu - d'Aix-la-Chapelle, mise en place du sentiment de la nature dans l'art baroque, évocation du sentiment glorieux ou souffrant selon les époques dans la figuration du *Christ en croix*, représentation morale et didactique dans l'*Ars moriendi* ou *Les Tentations de saint Antoine*, etc.).

Ainsi donc, l'oeuvre d'art, comme l'oeuvre littéraire ou musicale, connaît trois niveau sémiologiques, qu'on peut définir grâce à la terminologie linguistique classique: un niveau stylistique, celui de la forme et du genre (qui correspond au "degré zéro" du code de la représentation - ce que le linguiste Ch. S. Pierce nomme l'"*icône*", c'est-à-dire l'ensemble des signes qui entretiennent un rapport de ressemblance avec la réalité extérieure -); un niveau diachronique (celui de l'histoire, ce que Panofsky appelle le niveau iconographique); enfin un niveau symbolique (au sens que la linguistique donne à ce terme, c'est-à-dire une "*convention*" qui rend "lisible" le signifié: par exemple, l'homme face aux éléments déchaînés dans les peintures de Friedrich est le symbole-type du mélancolique de la tradition romantique, idem pour le héros jeune, cultivé et renfermé des contes de Poe).

d) *Conclusion sur la méthode*

Au sentiment baroque et structuraliste sur l'art, je veux donc opposer l'idée que l'oeuvre d'art est:

1°/ Une entité propre, non cumulable ou réductible à un ensemble arbitraire d'éléments hétérogènes (penser sur *L'enfant au toton* de Chardin, c'est analyser une oeuvre à caractère moral et didactique, ce n'est pas exemplifier un sentiment esthétique sur l'art de Chardin, c'est-à-dire la vision personnelle qu'en a celui qui en parle, ni parler de l'art du portrait, au sens où l'on jugerait par exemple ainsi de l'art du rendu chez le peintre ou des qualités de réalisme du portrait au XVIIIème siècle);

2°/ Un langage et donc un code.

Et que, par contrecoup, l'oeuvre étant à la fois spécifique et langagière (au sens où toute production est analysable comme un signe - c'est-à-dire un signifié -), le discours sur l'art doit:

1°/ Etre sociologique et non esthétique;

2°/ Se baser sur un présupposé analytique constant, la recherche du sens en art, ce qui, bien sûr, impose d'avoir une optique spécifiquement adaptée à l'étude de chaque genre (peinture, littérature, etc.) et de chaque oeuvre à l'intérieur de chaque genre. On ne peut pas étudier une peinture avec des *a priori* littéraires, ni un roman avec une méthode d'analyse d'histoire de l'art. C'est uniquement la recherche du sens qui, pour l'instant, doit apparaître comme la donnée constante de l'analyse.

En résumé, l'oeuvre d'art est unique, le discours sur l'art doit donc être multiple.

III - La question pluridisciplinaire
a) *Présentation*

On vient de le voir, la conception que je propose oblige à poser l'analyse artistique (encore une fois au sens large du terme) comme une question avant tout sociologique. Mais qu'est-ce à dire?

La base même de la conception de la "*Kunstwissenschaft*" (l'"*étude systématique des oeuvres*" de l'Ecole de Warburg) est justement l'analyse sociologique de l'oeuvre.

Cependant, c'est dans la qualité unique de l'oeuvre que je trouve la nouveauté de ma proposition. En effet, non seulement, comme l'Ecole de Warburg, je prétends que l'étude de l'oeuvre d'art doit être doublement historique (c'est-à-dire correspondre à une étude des sources) et "*symbolique*" (sémiologique, comme on dirait plus volontiers aujourd'hui), mais j'affirme aussi, dans cette perspective, et en considérant, comme je l'ai dit, que l'oeuvre d'art offre un point de vue sociologique irremplaçable sur une époque, que les différentes sciences humaines ont non seulement le même objectif (l'analyse des faits sociaux), mais encore la même méthode.

b) Vers un universalisme analytique et une spécificité de l'étude

Sans doute vaste, mon propos est néanmoins de montrer comment, en respectant la spécificité de chaque oeuvre, on peut postuler, ainsi que l'envisageait Etiemble du point de vue de l'analyse littéraire, une "*ouverture sur un comparatisme universel*".

De fait, ma double formation m'a conduit à me poser des problèmes de méthode importants quant au discours spécifique à chaque discipline. Ceci m'a permis de me rendre compte qu'au-delà des barrières apparentes qui séparaient l'histoire de l'art et l'analyse littéraire et qui le plus souvent ne relèvent que de la manière d'énoncer les questions, une grande unité existait entre ces sciences.

Cette unité est à la fois historique et fonctionnelle.

Du point de vue historique, je dirais grossièrement que l'origine des sciences contemporaines me semble être avant tout d'origine husserlienne, ce qui explique l'unité structurelle entre elles. J'entends par origine husserlienne des sciences contemporaines que le principe de base, qu'on retrouve dans la structuralisme aussi bien qu'en histoire, est le rôle central de l'observateur, qui tend en principe à être impartial.

Cette théorie est pour une bonne part à l'origine de la prédominance, déjà évoquée, accordée à l'interprétation personnelle de l'art par le spectateur (Eco, Barthes).

De même, le discours sur l'impartialité de l'historien par Duby, auquel j'ai aussi fait allusion, rend parfaitement compte de cette importance de ce que les linguistes appellent la noèse dans son rapport au noème, autrement dit de cette importance du spectateur dans sa relation à l'objet regardé (ou, en l'occurrence, étudié).

L'unité fonctionnelle entre les différentes sciences, que j'ai encore évoquée, vient justement en partie de l'importance que toutes accordent au scientifique, sorte de non-personne qui regarde le monde comme s'il lui était extérieur.

J'en viens ainsi à l'idée que je voudrais développer.

Il faut considérer que deux objets d'études privilégiés s'offrent au chercheur en sciences humaines: d'abord, l'étude des populations, des groupes ou des individus, autrement dit des êtres dans *leur devenir en action*; et ensuite, les traces laissées par ces mêmes sociétés et individus, autrement dit ce que j'ai appelé de manière synthétique l'"oeuvre".

Il est évident que si l'étude directe des groupes offre au scientifique un point dereue irremplaçable, elle présente deux inconvénients majeurs: d'abord, il n'a que peu de recul par rapport à son matériau d'étude (c'est notamment vrai pour les historiens du monde contemporain); ensuite, son matériau est fluctuant, périssable et réduit. Aujourd'hui, il ne reste que peu de tribus qui ne soient pas touchées par ce qu'il est convenu de nommer la civilisation, et l'étude des sociétés urbaines et de leurs différents microcosmes posent des questions telles que le mimétisme des groupes les uns par rapport aux autres (entre pays, etc., par exemple le modèle américain est de plus en plus copié), la difficile distinction entre groupes sociaux au sens strict du terme et mouvements de mode (le rap par exemple est-il une mode ou un mouvement de société), ou, encore une fois, la subjectivité du scientifique (qui choisit le groupe qu'il étudie par affinité et perd ainsi une partie non négligeable de son impartialité supposée).

Cependant, aux problèmes que pose l'étude directe, l'étude des oeuvres offre un certain nombre d'avantages: plus grande diversité des sources; moins d'implication personnelle du chercheur; constance de l'information (l'oeuvre ne meurt pas).

Une fois posée l'existence de cette double possibilité d'orientation des recherches, il me semble évident que, d'une manière générale, on peut dire que les sciences humaines dans leur ensemble abordent les mêmes objets, à savoir les oeuvres. C'est vrai aussi bien du folklorisme (étude des oeuvres et des mythes), que de l'histoire (étude des textes), du droit et de l'analyse littéraire (idem), de la philosophie (étude des textes et des oeuvres), ou encore de l'histoire de l'art (étude des oeuvres).

On peut globalement dire que seules à peu près font figure d'exception la sociologie (étude des comportements et des groupes humains) et la psychologie (étude des comportements individuels), bien qu'en ce qui concerne cette dernière, les études de Georges Devereux tendent justement à mettre en place un questionnement sur le poids réciproque de la culture et de l'identité personnelle pour expliquer le comportement psychologique pouvant être étudé de manière clinique. Il écrit ainsi (*Femme et Mythe*,

"Champs", Flammarion, 1982, 1988, pp. 254-255):

Il semble très probable que nombre de faits psychologiques qui, jusqu'ici, n'ont pas encore été formulés "comme tels", seront en dernier lieu acquis à la psychanalyse par l'étude de mythes, de croyances, etc. en effet, des faits de ce genre surgissent rarement dans le cabinet du psychanalyste, précisément parce que la culture, en fournissant des mythes et croyances pour servir de "congélateurs" à certains fantasmes et "insights", les écarte des "circuits "privés"". Cette théorie est en parfait accord avec une opinion que j'ai exprimée ailleurs (dans Ethnopsychanalyse complémentariste, 1972) et selon laquelle la culture fournit un ensemble de défenses standardisées contre les - et solutions aux - "conflits types" caractéristiques d'un milieu culturel donné./ Jadis les études psychanalytiques des mythes avaient pour but de démontrer que les fantasmes et mécanismes découverts au cours des thérapies psychanalytiques étaient présents aussi dans les productions et les efforts culturels de l'homme. Je crois qu'il est temps de donner une nouvelle orientation à l'étude psychanalytiques de faits culturels, y compris la mythologie. L'étude de certains "faits" de ce genre dans le cadre classique de la psychanalyse fournira de nouveaux types de fantasmes inconscients et autres "insights" pertinents à la thérapie psychanalytique, qui - une fois repérés dans leur forme et cadre culturels - pourront ensuite être plus facilement repérés et vérifiés au moyen de données cliniques. Ainsi, un ensemble de fantasmes nouveaux ont été mis au jour au moyen d'une étude inspirée par la psychanalyse rigoureusement classique de quelques séries de données culturelles dont quelques unes ont été par la suite repérées aussi en clinique par d'autres chercheurs. Bref, je crois que l'étude psychanalytique de "matériaux culturels" élargira et approfondira à la longue nos "horizons cliniques" et cela de façon appréciable - mais "sans" dépasser les limites posées par le complémentarisme; par le double discours.

Reste à définir la manière dont ces sciences abordent les oeuvres. Il semble que, là encore, leur méthode soit semblable.

La question à laquelle doit répondre l'historien est celle des sources (ou des origines pour les mythes) et, accessoirement dirais-je, du rôle symbolique joué par son objet d'étude (par exemple, les pratiques cultuelles et leur évolution).

Le sociologue s'intéresse à la permanence de ce rôle symbolique, plus qu'à son histoire (cf. le débat entre Dumézil et ses détracteurs, qui lui reprochaient de ne pas tenir compte du développement historique des cultes dans l'Empire romain). Il en va de même pour le psychologue, qui tente de comprendre la permanence des mécanismes sociaux dans la mentalité individuelle.

L'historien de l'art, le sémiologue et le philosophe semblent à la jonction du travail de l'historien (recherche des sources) et du sociologue (recherche des constantes symboliques dans l'oeuvre).

A ce stade, on peut résumer en disant que j'envisagerais de mettre en place une conception méthodologique de l'analyse des oeuvres qui tienne compte à la fois de la spécificité de chacune et de la constance de leur substrat symbolique et dans l'oeuvre de l'artiste et dans la pensée sociale dont l'oeuvre rend compte.

On se rend parfaitement compte que cette double perspective ne peut aboutir de manière satisfaisante qu'en donnant droit de cité à un dialogue entre les différentes sciences humaines.

En effet, on vient de voir que la permanence du substrat symbolique de l'oeuvre, qui ne peut être délimitée que dans une optique sociologique (c'est, d'une certaine façon, ce que Barthes appelait le rôle du mythe dans l'oeuvre), ne peut en même temps être recherchée que dans une optique historique (au confluent de l'ensemble des disciplines historiques: histoire des religions, du droit, de la famille, de l'art, de la pensée, etc.). Or, pour mener à bien cette recherche des origines, qui va permettre d'expliquer le symbole, il convient de mettre en étroit rapport la tradition littéraire et artistique, puisqu'on vient de voir que l'oeuvre est le témoignage privilégié, avant même peut-être l'étude directe des pratiques des groupes sociaux, de la mentalité d'une époque et d'une société.

c) Conclusion sur une "ouverture sur un comparatisme universel"

Cette "ouverture sur un comparatisme universel", combinant les techniques des principales sciences humaines, qui entend placer l'oeuvre au centre de sa réflexion, à la fois comme point de départ et comme point de mire (c'est-à-dire mise en miroir de la mentalité d'une époque) de la recherche (dont le but final est l'explication de l'oeuvre comme révélateur social), n'est justement pas pratiquée aujourd'hui, en partie à cause du cloisonnement quasi hermétique des sciences dans leur domaine.

C'est donc, par là même, cette mise en abîme des sciences entre elles, dans leur unité de méthode et de but, qui me paraît être un point tout à fait nouveau de ma proposition.

IV - La question symbolique

Dans cette conception pluridisciplinaire des oeuvres, il apparaît à présent que la notion de contenu symbolique est au centre même de la problématique que je voudrais engager.

Là aussi, il faut donc maintenant définir cette notion.

a) Les différentes sens de la notion de "symbole" ou de "mythe"

Barthes, dans plusieurs ouvrages (*L'obvie et l'obtus* et *Mythologies* notamment), en donne une interprétation restrictive, que je serais même tenté de qualifier de caricaturale à certains égards. Il voit certes dans le mythe l'expression de la pensée populaire, mais plus précisément encore d'une "sous-pensée", d'une pensée prolétaire et "petite-bourgeoise", abrutissante. Pour lui, le symbole (au sens du moins où j'entends ce terme, ce qui recouvre en gros la même notion que le "*mythe*" chez Barthes), en tant que manifestation des "*mythologies*" sociales, se définit purement et simplement comme la "*bêtise*" (*sic*) populaire.

Cette conception barthésienne du symbole (ou du mythe) est en quelque sorte concurrente de celle que développe Lévi-Strauss (d'ailleurs plusieurs fois cité par Barthes, et dont l'ouvrage *Les Mythologiques* s'inspire du titre *Mythologies*). En effet, Lévi-Strauss définit les mythologies comme l'élément structurel des sociétés tribales. On trouve déjà cette idée chez Pierre Saintyves (*Les contes de Perrault et les récits parallèles*, 1923, rééd. "Bouquins", Laffont, 1987, pp. 27-28), qui oppose plus clairement peut-être les mythes tribaux (confondus par Saintyves avec des "*rituels magiques*") à la "*morale*" de la civilisation.

Pour Panofsky et pour la linguistique, la notion de symbole renvoie spécifiquement à celle de code. Le symbole qui correspond à l'idéogramme pour la linguistique, s'identifie chez Panofsky au degré iconologique de l'analyse artistique, autrement dit au sens des scènes représentées, à la fois en tant que figuration, par exemple, d'un épisode mythologique, et en tant que référent sémiologique (c'est-à-dire expression idiosyncrasique de la pensée d'une époque.

b) *Mythe et symbole: entre religion et mémoire collective*

On le voit, la notion de symbole s'identifie d'une part à celle de mythe, et d'autre part est différente selon les auteurs. D'un côté, elle correspond à l'émergence du sens en art (Panofsky), de l'autre à sa négation (Barthes).

La notion de symbole pour moi renvoie, évidemment, à l'émergence du sens en art, mais plus particulièrement encore à ce qu'il est convenu d'appeler les "*faits sociologiques*".

Pour moi en effet, le symbole est cette donnée permanente, que j'ai tenté de définir précédemment, et qui fait de l'oeuvre d'art (littéraire ou autre) un témoignage sociologique irremplaçable sur la pensée d'une société à une époque donnée.

Cependant, selon moi toujours, le symbole, constitutif du sens en art, ne peut offrir de donnée analysable qu'en tant que celle-ci apparaît comme permanente, et donc comparable.

Ceci implique que l'analyse de l'oeuvre doit passer par l'étude sur un long terme des mutations du symbole que telle oeuvre nous donne à étudier.

Par exemple, on ne peut pas comprendre le symbolisme maternel de Vénus à la Renaissance sans le mettre en rapport avec son symbolisme antique. Idem pour la question de son rapport à la Fortune et à la Mort (très net chez Jodelle ou dans la *Délie* de Scève par exemple).

En cela, on s'en rend compte, plus que l'étude sociologique à proprement parler, c'est l'étude du folklore (ce qu'on appelle le "folklorisme") qui doit nous offrir la voie royale de ce comparatisme à mi-chemin entre l'histoire (des religions, etc.) et l'exégèse sémiologique d'une oeuvre particulière.

Il serait bien sûr abusif de vouloir réduire toute oeuvre à un symbolisme religieux ou animiste. Cependant, il me semble que cette orientation de recherche est à la fois suffisamment vaste et suffisamment révélatrice pour porter ses fruits.

La persistance du sentiment religieux dans l'organisation sociale moderne permet de concevoir l'ouverture d'un champ d'analyse global sur le symbolisme mythologique comme révélateur de la pensée moderne.

c) **Exemples d'études d'oeuvres précises permises par la méthodologie et la problématique que je propose**

Quelques exemples seront plus parlants sans doute. J'en choisirai arbitrairement trois:

Le premier est celui de la publicité, car elle est, on en conviendra, l'élément le plus révélateur de la pensée moderne. On notera donc avec intérêt la multiplication de trois grands thèmes d'origine religieuse dans les réclames: la famille (thème représenté aussi bien dans la propagande vichyste, nazie ou stalinienne, que dans les publicités contemporaines, pour Kinder par exemple); le sexe (certaines publicités pour les rasoirs jetables, dans lesquelles apparaissent des symboles phalliques évidents tels que le train, le camion, ou la femme qui rase l'homme, et les publicités pour les voitures, qui vantent les mérites de la vitesse, du confort, et promettent à l'homme qui "*a l'argent, la voiture*" d'avoir "*la femme*"); la Nature, en tant que symbole maternel (publicités pour les eaux notamment, citons celles de Volvic, Luchon, Quézac, Valvert, etc.) et édénique (publicités pour Obao, Tartare, Velouté, etc.).

Le deuxième exemple sera celui de certains films d'inspiration nettement religieuse: citons les films de Hitchcock (la critique a depuis longtemps reconnu la scène finale des *Oiseaux* comme une métaphore de la Chute); des séries comme *Cosmos 1999* ou *Aux frontières du réel*, qui développent un message religieux évident (thèmes classiques de la pureté, du diable, qu'on retrouve, bien sûr, dans les films fantastiques); ou encore des films sur la mort (*Le septième sceau* de Bergman, *Angel Heart* d'Alan Parker; *Jacob's Ladder* d'Adrian Lyne). A un autre niveau, les films comme *Quand Harry rencontre Sally*, c'est-à-dire les comédies américaines dites romantiques, proposent une très curieuse et intéressante évolution des thèmes propres aux contes de fées classiques; de même, on est frappé du fait que les films sur le Père Noël, comédies familiales par définition, posent de manière récurrente la question de la croyance selon le modèle chrétien classique (peut-on croire à ce qu'on ne voit pas). La réponse - à savoir que le Père Noël existe -, qui vient d'elle-même, puisqu'il s'agit de films pour enfants, offre une subtile mais évidente propagande religieuse, puisqu'elle pose explicitement comme base que, d'une part, pour croire (au Père Noël), il faut avoir une âme d'enfant (thème de l'innocence originelle), et que, d'autre part, la croyance se justifie d'elle-même, puisque la preuve en quelque sorte visuelle en est faite par le film (le Père Noël existe, puisqu'on y croit, c'est le débat pascalien entre la raison du coeur et la raison de l'esprit).

Le troisième exemple sera celui des ouvrages d'épouvante et de science-fiction, dans lesquels intervient souvent un discours sur Dieu (Stephen King, Jean Ray, Philip K. Dick, etc.).

Il est inutile de rappeler que l'art des sociétés primitives, comme l'art occidental, en gros jusqu'à la Révolution française, est essentiellement religieux, voire uniquement parfois (cf. notamment les sociétés africaines, où même les peignes et les calebasses semblent avoir un symbolisme sacré). Un certain nombre de travaux sur l'art abstrait, comme les écrits des plusieurs artistes eux-mêmes (Kandinsky, Malevitch, Moholy-Nagy), semblent attester que l'art contemporain n'est pas étranger à la pensée religieuse. Par exemple, si on peut dire que l'abstraction pose souvent des questions assez similaires à celles de l'iconoclasme par exemple, on peut ajouter à cela que la vogue de l'art africain, par définition religieux, ainsi qu'on l'a rappelé, comme la référence à l'art des icônes chez Kandinsky (période jusqu'au *Cheval bleu*) ou encore la prédominance de la problématique de la lumière chez Moholy-Nagy, renvoient clairement à une interrogation sur le sacré.

Cette orientation de recherche, qui identifie pleinement symbole et mythe, me paraît enfin devoir ouvrir le débat sur la métamorphose des symboles religieux en symboles nationaux depuis la Révolution (de l'héroïsation de la *Virtus* patriotique chez David ou Géricault à la propagande stalinienne, vichyste et nazie encore une fois, ou aux mythologies de la pureté de la race, etc.).

De fait, dans des films comiques où on ne s'attendrait pas à voir ressurgir ce genre de question, on n'est pas moins surpris de voir nettement transparaître une propagande politique. Je pense particulièrement ici aux films américains, non seulement à ceux sur la guerre du Vietnam, mais surtout à la série *Hot Shot*, parodie de *Top Gun*, et dans laquelle Saddam Hussein apparaît en travesti sous ses habits militaires, avant d'être littéralement brûlé par un incendie qui le fait fondre, comme fondrait le Démon sous l'assaut des troupes célestes. Cette comparaison est d'autant plus évidente que, parallèlement, certaines publicités irakiennes montraient, pendant et suite à la Guerre du Golfe, le président des Etats-Unis brûlant dans les flammes de l'Enfer.

d) *Freud, S. Reinach, Durkheim et Dumézil: quatre éminents zélateurs de l'importance de l'étude du sentiment religieux comme révélateur la mentalité sociale moderne*

Ainsi, on voit bien, à travers ces exemples précis, que la notion de symbole doit, comme l'ont montré Barthes, Lévi-Strauss ou Panofsky, interroger sur celle de mythe, car elle est "structurelle" de la pensée sociale, autrement dit elle en est la structure même. En effet, "*comme il est d'ordinaire, théologie et mythologie montrent en acte ce que l'idéologie contient en puissance*" (Dumézil, *Mythes et dieux des indo-européens*, Champs-Flammarion, 1992, p. 213).

Finalement, un tel postulat, par sa nouveauté même, et malgré son triple fondement théorique folkloriste, sémiologique et iconologique, que j'ai défini, mérite sans doute d'être validé par un savant reconnu. Aussi je me permettrai de citer Salomon Reinach (*Cultes, Mythes et Religions*, Paris, Ernest Leroux, 1922, 3ème éd., t. 1, "Introduction", pp. I-II), dont l'extrait suivant est toujours d'un brûlante actualité, même si, dans sa démarche propre, il n'appliqua pas exactement les principes qu'il formule ici et se contenta plutôt, me semble-t-il, d'être un compilateur des expériences folkloristes, plutôt que d'en être un véritable initiateur:

"*L'humanité, aux yeux de l'évolutioniste - et qui n'est pas évolutioniste aujourd'hui? - est sortie de l'animalité. Mais l'homme, partout et à quelque époque qu'on l'observe, est un animal religieux; la "religiosité", comme disent les positivistes, est le plus essentiel de ses attributs et personne ne croit plus, avec Gabriel de Mortillet et Hovelacque, que l'homme quaternaire ait ignoré la religion. A moins d'admettre l'hypothèse gratuite et puérile d'une révélation primitive, il faut donc chercher l'origine des religions dans la psychologie de l'homme civilisé, mais de celui qui s'en éloigne le plus./ De cet homme antérieur à toute histoire, nous ne possédons de connaissance directe que les produits industriels et artistiques des temps quaternaires, qui nous apprennent bien quelque chose, comme j'ai essayé de le démontrer. Il faut, pour s'éclairer davantage à ce sujet, recourir à trois autres sources d'informations: la psychologie des sauvages actuels, celle des enfants et celle des animaux supérieurs./ Il est probable que les animaux - il est certain que les sauvages et les enfants sont "animistes", c'est-à-dire qu'ils projettent au dehors l'intelligence obscure qui s'agite en eux, qu'ils peuplent le monde, en particulier les êtres et les objets qui les entourent, d'une vie et de sentiments semblables aux leurs. La poésie, avec ses prosopopées et ses métaphores, n'est que la survivance réfléchie et consciente de cet état d'âme des primitifs; le "monisme" scientifique, qui retrouve partout les manifestations d'un même principe d'énergie, en est comme la tardive justification.*"

Si les termes, et certaines classifications (telle que celle de "*sauvages*" par exemple) apparaissent comme bien désuètes aujourd'hui, ce texte de Reinach justifie pleinement, car il les pressent dirais-je, toutes (et j'insiste sur ce point) les interrogations de recherches que j'ai voulu poser ici:

1°/ La question que j'ai évoquée de la prédominance nécessaire, à mon sens, du matériau figuré ou textuel dans l'activité scientifique ("*De cet homme antérieur à toute histoire, nous ne possédons de connaissance directe que les produits industriels et artistiques des temps quaternaires, qui nous apprennent bien quelque chose, comme j'ai essayé de le démontrer*");

2°/ L'importance du dialogue entre toutes les sciences ("*Il faut, pour s'éclairer davantage à ce sujet, recourir à trois autres sources d'informations: la psychologie des sauvages actuels, celle des enfants et celle des animaux supérieurs.*");

3°/ Enfin, la constance du sentiment religieux, animiste ou non, comme révélateur de la pensée sociale moderne.

On le voit cependant, là où Reinach pose des barrières factices (utiliser la psychologie des enfants ou des "*sauvages*" exclusivement, ne considérer les oeuvres comme révélatrices que de la pensée des premiers hommes - ou des peuplades primitives -), ma proposition de recherche va plus loin et aboutit à la nécessité plus globale:

1°/ D'un dialogue entre l'ensemble des sciences humaines (ébauché par Freud dans *Totem et tabou*, toujours à propos de l'origine religieuse des principes de la société moderne, tel notamment que l'exogamie);

Et 2°/ d'une étude sysmimatique des oeuvres (d'art ou de littérature), étudiées à la fois de manière comparatiste (les unes par rapport aux autres, l'art éclairant les thèmes littéraires, et la littérature les thèmes artistiques) et comme véritables "paradigmes" de la pensée religieuse et par là sociale. En effet, Durkheim a montré de manière irréfutable que l'analyse du sentiment religieux était essentielle à la compréhension des mécanismes de pensée de la société contemporaine. Cependant à la différence de Durkheim, je m'attacherai plus à la permanence de la conscience religieuse (la "*statique sociale*", selon la terminologie d'Auguste Comte) qu'à ses cassures et métamorphoses, ce qui, comme le pensait Comte (auquel Durkheim s'était justement opposé sur ce point), me paraît de manière générale plus apte à expliquer les phénomènes socio-culturels sur le long terme, ainsi que Dumézil, bien que beaucoup critiqué par les tenants d'un strict historicisme, l'a parfaitement mis en évidence au travers de son travail "synchronique" sur les similitudes des croyances des Indo-européens, des Romains et des Scandinaves.

V - Conclusion et résumé

a) *Sens général et nouveauté de ma démarche*

a-1) *Originalité du sens de ma démarche*

En conclusion, mon projet est donc double et, comme je l'annonçais, pluridisciplinaire:

1°/ Etudier la persistance des symboles religieux (les mythes) et leur permutation à la période contemporaine, afin d'essayer d'élaborer une théorie générale sur la pensée moderne et sa dépendance à une mentalité que je nommerai à dessein *tribale*. En effet, une telle entreprise va d'une part à l'encontre de la théorie contemporaine générale, qui semble avoir totalement délaissé l'idée du XIXème siècle selon laquelle toutes les mythologies s'expliquaient par leur origine zodiacale et solaire, et d'autre part à l'encontre de l'opposition que font Frazer ou Saintyves (voire aussi Lévi-Strauss) entre les mythes primitifs des sociétés tribales et leur équivalent moral dans les sociétés dites civilisées.

2°/ Employer, pour cette étude de la persistance d'une mentalité religieuse - voire animiste - dans le monde moderne (dont mon but serait donc de définir précisément l'ampleur), une méthode comparatiste afin de rendre compte de la spécificité de chaque oeuvre, attendu que, comme je l'ai dit, ce n'est pas les hiérarchies globales et esthétiques qui peuvent permettre de comprendre correctement l'oeuvre d'art, mais bien son étude particulière (ce qui est d'ailleurs en partie cause qu'aucune théorie générale sur l'analyse de l'art n'ait été développée de façon systématique par l'Ecole de Warburg, puisque, leur but étant une classification et une analyse systématique des oeuvres, ce qui impliquait d'étudier chaque oeuvre selon une méthode en quelque sorte sociologique, cette évidence leur a quelque peu fait oublier de s'attaquer aux théories esthétiques traditionnelles qui, elles, restaient *a contrario* très fortes à multiplier les hiérarchies de toutes sortes).

a-2) *Nouveauté de mon postulat méthodologique*

Or, on l'a vu, cette étude précise ne s'entend que dans la mesure où chaque oeuvre apparaît dans son intégrité sémantique. C'est pour cela que, du point de vue méthodologique, seul un comparatisme universel, qui implique à la fois l'idée que toutes les sciences humaines ont le même but (rendre compte du sens intrinsèque de l'oeuvre) et le respect de leur objet spécifiques (l'art pour l'histoire de l'art, l'écrit pour l'analyse littéraire, les mythes pour le folklorisme), doit permettre, à mon sens, de mener à bien cette entreprise.

C'est encore pourquoi, parallèlement, toujours sur le plan méthodologique, la nouveauté de ma démarche est, je le crois, de ne laisser aucun art en marge. La peinture, la photographie, le cinéma et la publicité ont ainsi droit de cité au même titre que la littérature (les exemples que j'ai développé au IV° l'attestent clairement). Ce n'est pas vers une quête du "*vide de l'art*" que s'oriente ma recherche, au contraire de celles de Barthes, Philippe Robert (*Roland Barthes, un roman*), Todorov (*L'éloge du quotidien*), ou Arasse (*Le détail*), ni vers une quête onomasiologique (Kristeva, Barthes dans *Le degré zéro de l'écriture*), mais vers une recherche sémasiologique, c'est-à-dire du *sens*, que je crois, encore une fois, *immanent* à toute oeuvre.

Je ne cherche pas à rendre visible des structures (rhétoriques, comme Kristeva ou Barthes, ou formelles, comme Arasse), mais à rendre palpable une persistance irrémédiable du sens en art, sens qui, comme je l'ai dit, s'élabore du mythe (influences socio-culturelles de l'oeuvre) vers le symbole (données idiosyncrasiques de l'expression de l'artiste, qui distingue son oeuvre d'un courant de pensée propre au milieu et/ou à l'époque).

Ainsi chaque oeuvre, portant en son sein la morale de son époque, permet d'analyser et de comprendre d'autres oeuvres. En cela aussi ma proposition est nouvelle, puisqu'elle pose comme principe élémentaire et systématique que, si la littérature peut et doit éclairer les thèmes artistiques (Panofsky,...), à l'inverse l'art aussi peut et doit servir à éclairer les thèmes littéraires.

b) Résumé: méthode et orientation de recherche

En résumé donc, je dirais que c'est l'ensemble de ces points qui rend, ce me semble, ma proposition de recherche tout à fait neuve (bien qu'inspirée à la fois de l'Ecole de Warburg et du folklorisme):

1°/ Par l'idée qu'aucune généralisation sur l'art (au sens général du terme) ne permet d'en rendre la réalité, et que pour que l'art soit vu dans sa parfaite intégrité, il n'y a qu'un seul et unique moyen, l'étude systématique de chaque oeuvre particulière;

2°/ Par l'idée que cette étude systématique doit passer par l'usage de méthodes différentes adaptées spécifiquement à chaque type d'oeuvre (littéraire, artistique, etc.), mais que cet usage doit être pluridisplinaire, car, d'une part, l'étude de l'oeuvre ne peut porter ses fruits qu'en tant qu'elle est mise en correspondance avec l'ensemble des productions d'une époque (afin de comprendre son symbolisme propre, qui dérive obligatoirement de ses thèmes et du sens qu'il prennent généralement dans les oeuvres de l'époque), et, d'autre part, parce qu'en conséquence, utiliser une méthode unique (historique, littéraire, sociologique, psychanalytique) apparaît dès lors comme, non seulement inadaptée, mais inconcevable;

3°/ Par l'idée enfin que cette analyse systématiquement pluridisplinaire de chaque oeuvre spécifique doit ouvrir la voie à l'élaboration d'une théorie globale des mythes modernes, dont je pense avoir montré qu'ils sont, souvent du moins, d'origine religieuse ou dérivée (à savoir nationalistes).

I - Propuesta para una orientación de los cursos hacia los países francófonos cerca de Nicaragua.
- desarrollar el estudio de las expresiones y tipismos lingüísticos de las lenguas quebequënse, martiniquënse, así como de las regiones de los Estados-Unidos que hablan francés.
- Por eso sería posible:

1°/ a) de abonar el departamento a una o dos revistas quebequënses;
b) comprar un diccionario de los tipismos quebequënses;
c) pedir al agregado lingüístico de la Embajada del Canada si le fuera posible ayudar el departamento en estos asuntos.
2°/ a) comprar algunos libros de literatura martiniquënse (como por ejemplo "La rue Cases-Nègres");
b) proporcionar al departamento algunas emisiones de televisión martiniquënses, en particular el telediario "Outremers", que por otra parte pasa probablemente en TV5;
c) pedir al agregado lingüístico de la Embajada del Francia si le fuera posible ayudar el departamento en estos asuntos.
3°/ a) desarollar un curso especial sobre la historia de las regiones de lengua francesa en los Estados-Unidos;
b) así como sobre sus peculiaridades culturales respecto de los países anglófonos de los Estados-Unidos.

* El objectivo de esta nueva orientación sería definir más precisamente el público con el que los estudiantes del Departamento serían susceptibles de entrar en contacto directo.

I' - Desarrollo pedagógico de la precedente propuesta.

- Desarrollar un método pedagógico orientado hacia el publico de estudiantes centroamericanos.

1°/ Este método no debe ser únicamente orientado hacia el escrito, contrariamente a lo que se hace en la actualidad, ya que la meta es justamente que los estudiantes encuentran algunos naturales de países francófonos de América.

2°/ Pero el conocimiento, por lo menos de una parte de sus historias y culturas, puede ser un medio adecuado primero para desarrollar relaciones de amistad entre los países, y segundo para desarrollar el cambio (económico así que cultural) entre el Nicaragua y estos países francófonos (por ejemplo en el ámbito del turismo).

3°/ Para desarrollar este tipo de relaciones es más necesario que nunca que el método de enseñanza no sea "francocéntrico", lo que quiere decir que el método debe permitir a los estudiantes de conocer la cultura y la realidad social de los países francófonos de América, y no exclusivamente de Francia o París.

4°/ Para crear reales posibilidades de trabajo y de cambio con estos países, el método propone también a los estudiantes un conocimiento del sus maneras de hablar, especialmente por lo que se refiere a Quebec y a los países francófonos de los Estados-Unidos. Es porque sería muy interesante utilizar registros del habla quebequënse ou del de Louisiana por ejemplo, para que los estudiantes de la UNAN entiendan el acento muy peculiar (y diferente del de Francia) de estas regiones.

* El objecto de esta propuesta es primero proponer a los estudiantes una visión menos maniquea de la cultura francesa, y segundo proponerles un medio más adaptato a sus necesidades de comprensión oral y de comunicación con los naturales de los países francófonos de América, los cuales son más cerca de Nicaragua que Francia, y por ello más susceptibles de tener relaciones importantes (turísticas, commerciales) con Nicaragua.

II - Propuesta para ofrecer a los estudiantes una posibilidad de hablar francés y conocer la cultura francesa.

- Crear un espacio libre donde se ofrecerían varias actividades culturales a los estudiantes.

- Por ejemplo podría tratarse de:

        1°/ actividades de juegos, comolos naipes, el ajedrez, etc., en francés;

2°/ este primero tipo de actividades podría abrir sobre la realización de unas actuaciones, o sobre el conocimiento de algunas referencias importantes de la cultura francesa, como el famosoepisodio de la parte de naipes de la trilogía de Marcel Pagnol;

3°/ realización de actividades teatrales y literarias (lectura de poemas, de piezas, de resumenes de libros que los estudiantes harán leído, etc.);

4°/ visitas para ver los monumentos y los sitios turísticos de Nicaragua, para que despuès, por ejemplo, los estudiantes hagan resumenes;

5°/ realisación de talleres de cocina (para aprender la cocina francesa), de pintura (para enseñar la pintura francesa), de baile (para aprender los bailes tipicos de los regiones francesas), etc.;

6°/ realización una o dos veces en el año de una noche francesa típica (con

comida y/o bailes típicos por ejemplo).

* El objectivo sería permetir a los estudiantes tener un conocimiento más lúdico y por ello creo más íntimo de la cultura y el pensimiento franceses, y no únicamente un conocimiento teórico y puramente literario.

III - Propuesta para un curso de cultura francesa y de traducción literaria.

- Crear un o dos curso(s) libre(s) respectivamente de traducción literaria y sobre la literatura francesa.

- Los dos cursos pueden ser complementarios porque el primero permitiría a los estudiantes tratar de las técnicas de traducción literaria, que nos están profundamente diferentos de las de la traducción técnica - lo que podría también dar a los estudiantes una posibilidad suplementaria de trabajo -, y para que el segundo curso permita en paralelo a los estudiantes conocer la literatura francesa y así tener una idea de lo que sería su "material" de trabajo en la traducción literaria.

- Además sería posible introducir una comparación entre literatura nicaragüense y francesa, por ejemplo a partir del libro de Stephen White sobre "La influencia de la literatura francesa y norte-americana sobre la poesía nicaragüense".

- Así los estudiantes podrían pensar en seguir conjuntamente asignaturas en los Departamentos de Francés y Español (de manera a multiplicar sus posibilidades de empleo, y eventualmente pretender a un puesto de profesor de español si no encuentran ningún puesto de profesor de francés).

* El objectivo de estos cursos libres sería de proponer a los estudiantes una doble introducción a la traducción literaria y a los metódos de la literatura comparativa, para permitirles tener dos compentencias suplementarias en el momento de su entrada en el mercado de trabajo. De hecho, es paradójico que en la actualidad, las asignaturas del Departamente de Francés sólo propongan a sus estudiantes análisis de material escrito, sin por lo tanto proponer ninguna orientación hacia el material literario. Así, de mi opinión, los estudiantes pierden doblement la posibilidad de hablar correctamente el francés, y la posibilidad de conocer realmente la cultura francesa, e ingresar en el campo de la traducción literaria.

IV - Propuesta para un proyecto de traducción literaria en el departamento de francés.

- Este proyecto se subdivide en dos partes:

1°/ La traducción en francés de los obras las más importantes de la literatura nicaragüense, si posible en edición bilingüe.

* El objectivo de este trabajo sería de dar a conocer el departamento de francés fuera de las fronteras de Nicaragua, con el fin de incrementar sus ingresos económicos (mediante la venta de los libros publicados a los universidades francófonas), aumentando al mismo tiempo su influencia en el mundo universitario.

Varios ejemplos de este tipo fueron dados por algunas universidades latinoamericanas.

Una buena posibilidad para iniciar este tipo de trabajo sería publicar una traducción de "El Güegüence", publicación que podría abrir sobre la creación de un diccionario español-francés de los términos de nahuatl nicaragüense, al menos de los que se encuentran en la obra.

Una variante de este proyecto puede ser una tradicción más larga del "Güegüence" y de las piezas de esta epocá, en particular de las que hablan de la Purísima, con un estudio de las interacciones entre los "Misterios" europeos y este tipo muy característico de obra nicaragüense de los primeros tiempos de la colonisación.

2°/ La traducción trilingüe de la obra del difunto Aby Warburg, historiador de arte alemán muy conocido, fundador de la escuela del mismo nombre, ahorita situada en Londres. Efectivamente, su obra no fue traducida ni en español ni en francés, ni en inglés. Es porque sería muy interesante proponer una traducción trilingüe.
* El objectivo de esta traducción sería doble: primero dar a conocer el Departamento de Francés fuera de las fronteras de Nicaragua para que su importancia pueda asirle realmente frente al Departamento de Inglés.
Segundo interesar a un público francófono, inglófono e hispanófono, para que la venta de los ejemplares de la traducción de al departamento un capital financiero realmente importante, pues, es evidente que la traducción de Warburg interesaría potencialmente a un vasto público.
Por ejemplo sé que las ediciones franceses "Macula", de las cuales el profesor Claude Frontisi, eminente historiador de arte francés, conoce el director, serían interesadas por esta traducción.

V - Propuesta para crear un asociación de estudiantes y profesores que podrían enseñar el francés en los colegios privados de Managua, León, Granada y Masaya.
* El objectivo de este proyecto es doble:
1°/ proponer a los estudiantes una posibilidad de trabajo y también una experiencia de la enseñanza.
2°/ permitir al Departamento, que dirigería esta asociación, adquirir un capital financiero repartiendo (por ejemplo a medias) del sueldo para estos cursos entre este y los estudiantes y profesores que propondrían sus servicios a las escuelas.

VI - Propuesta para el desarrollo de la utilización del material audio y video.
- Preguntar a la Embajada de Francia si podría dar o prestar al Departamento material video para desarrollar su utilización en la enseñanza del francés. Así sería posible dar a escuchar a los estudiantes los acentos de los francófonos de nacimiento.
- Una prolongación posible de esta propuesta sería utilizar el material de la Alianza Francesa para proyectar peliculas a los estudiantes (por ejemplo en un curso libre).
- Este tipo de proyección permitiería proponer a los estudiantes algunos modulos de enseñanza sobre la cultura de Francia.
- De un punto de visto educativo, sería mejor si los diálogos podrían ser

subtitulados en francés. Así los estudiantes no podrían contentarse de leer los subtítulos en sus propia lengua. Pero sería una posibilidad más interesante que todos los estudiantes del Departamento, y no sólo los estudiantes avanzados que tienen una buena práctica de la lengua, puedan familiarizarse con el habla francés. El interés pedagógico de los subtítulos en francés sería que todos los estudiantes, incluyendo a los debutantes, puedan seguir una película en francés sin mayor problema, ayudándose de los subtítulos para comprender lo que dicen los actores.

- Además, si la Embajada acepta de prestar al Departamento una cámara (lo que no es imposible porqué muchas familias francesas tienen este tipo de material y que se vende sin dificultad y a precios bajos), sería posible proponer a los estudiantes aprender a utilizar la video, por ejemplo para hacer una video de turismo, o al menos para aprender el francés de manera más lúdica.

- Si el Departamento pudiese desarollar un método de francés así que lo propongo en el capitulo I, sería también posible proponer a los estudiantes, o a los profesores únicamente, crear un curso rápido de aprendizaje del francés en K7 que podría pasar en las emisiones de francés de la radio nicaragüense, o venderse por el Departamento a un precio sufisamente bajo para que sus estudiantes así que los de la Segundaria y de la Alianza Francesa puedan comprarlo. Así el departamento podría tener otro tipo de renta para su buen funcionamiento, para comprar libros, etc.

- Por fin, si la Embajada acceptaba ayudar a la difusión de este método, sería posible hacer un video sobre el funcionamiento del Departamento que podría proponerse a TV5 o a los canales de televisión.

* El objectivo de esta orientación sería dar a los estudiantes la posibilidad de entender realmente la manera de hablar de los francófonos (quebequënses, martiniquënses, franceses, etc.).

Y tambíen de proponerles una manera lúdica (por ejemplo viendo películas) de conocer la cultura francesa.

El objectivo de un video sobre el Departamento sería dar una nueva imagen de los países pobres, que no sería más "miserabilista" (como en las videos habituales), pero que mostraría, a partir de la visión de los mismos profesores nicaragüenses, un aspecto de mi opinión muy interesante de la vida y el trabajo intelectual. Sería también, más que todo, mostrar como un grupo de profesores de un país hispanófono, cerca de los Estados-Unidos, considera la enseñanza del francés.

PROPOSITION D'ADAPTATION DES METHODES D'APPRENTISSAGE DU FRANCAIS AUX ETUDIANTS NICARAGUAYENS

I - Introduction: le double aspect linguistique et culturel de l'apprentissage des langues

Il me semble que la construction d'une méthode d'apprentissage du français appliqué au Nicaraguayen nécessite, comme l'ensemble de toutes les méthodes d'apprentissage des langues, de concevoir la mise en place d'une double orientation, à la fois linguistique et culturelle.

L'orientation linguistique comprend les exercices grammaticaux, l'approche des structures et typismes francophones, l'apprentissage des mots nouveaux, ainsi que la connaissance des verbes, de leurs temps et irrégularités.

L'orientation culturelle est l'ensemble des éléments qui permettent à la fois de rendre ludique l'apprentissage linguistique demandé aux étudiants et à la fois d'aborder cet apprentissage comme une immersion dans une culture, c'est-à-dire premièrement comme l'ouverture à une civilisation et deuxièmement comme le médium de relations sociales et plus largement d'un mode de vie, ce qu'est toute langue.

Il résulte de cela que l'aspect culturel doit servir d'habillage à l'apprentissage linguistique. En effet, le but d'un département de langues n'est pas avant tout culturel mais pratique (connaissance et manipulation de la langue), ce qui induit qu'une préséance de l'option culturelle sur l'option linguistique n'aurait pas de sens. Cependant un département de langue se conçoit comme un centre de sciences humaines, et comme je l'ai dit la langue n'étant de plus que le moyen par lequel communiquent les ressortissants d'un même pays ou d'une même culture, il serait tout aussi vain de reléguer l'initiation à la culture du pays dont on apprend la langue que de prétendre étudier la situation économique d'un pays sans en connaître les origines historiques et géopolitiques.

En tant que sociolecte (Saussure) la langue est l'ensemble des éléments normatifs qui permettent la création d'un espace de relation social. Il apparaît donc qu'il faut connaître les rites d'une communauté pour user correctement de sa langue, la parole individuelle se comprenant comme l'"'écart" entre l'usage collectif et le discours idiosyncrasique.

II - La question du français

a) *Le double objectif linguistique et culturel dans l'apprentissage du français*

Ce préambule pour dire que l'apprentissage des mécanismes linguistiques doit tenir un double objectif.

Premièrement connaître les différences et les identités de structures syntaxiques de la langue d'arrivée et de la langue de départ afin de proposer aux étudiants des exercices d'apprentissage adaptés.

Deuxièmement connaître le substrat physique (social) des langue de départ et d'arrivée. Donc de les cibler pour en extraire les points communs et les particularismes.

Or les méthodes actuelles proposées pour l'apprentissage du français ont en ce sens à mon avis deux défauts majeurs. Elles ne tiennent pas compte de la langue de départ. Elles ne tiennent pas compte de la langue d'arrivée.

Cette double méconnaissance permet d'ailleurs de valider ce que je viens de dire sur la nécessité de produire un apprentissage de langue par une connaissance de la culture.

Je m'explique. Les méthodes d'apprentissage du français actuellement diffusées en Amérique Centrale sont les mêmes que celles sur le marché européen. Autrement dit au mieux elles prennent pour présupposer que l'apprentissage du français se résout en apprentissage du français métropolitain, et au pire elles le font en présupposant également que la langue maternelle des apprenants est le castillan.

Or la situation économique comme les chances pour un Hispano-Américain d'entretenir des rapports avec la France métropolitaine aussi bien que son usage de l'espagnol interdiraient, par le simple bon sens, de partir de tels *a priori*.

b) *Evocation des liens entre une méthode inadaptée et les relations entre pays*

On pourra néanmoins de rétorquer que l'apprentissage du français comme langue étrangère ne pose pas de problème par le biais de ces méthodes. Il va sans dire que toute utilisation d'un matériel mal adapté, même le plus sommaire, n'a jamais su décourager les bonnes volontés.

Reste néanmoins que sur l'inadéquation de la méthode à l'objectif entraîne, sur un plan beaucoup plus large, une sous-production évidente des relations qui pourraient s'instaurer avec un véritable succès entre la France et, en l'occurrence, le Nicaragua (mais cela est aussi vrai de l'ensemble des pays Centro et Latino-Américains).

En effet, le mirage franco-français, ou pour mieux dire franco-centriste, qui semble moins être le résultat d'une mauvaise volonté que l'avatar d'une conception latente au moins depuis le XIXème siècle des échanges culturels entre les pays riches et les pays pauvres comme des rapports de domination, à la fois pervertissent les données de ces mêmes relations et contribuent à entretenir, certes involontairement, l'absence de dialogue réel.

La question est donc de savoir si le français veut se donner les moyens d'un combat à armes égales avec l'anglais.

Je prétends que l'utilisation de méthodes inadaptées et à la situation d'échanges possibles et à la réalité de l'équilibre des forces au niveau mondial constitue la pire des entraves au développement de rapports aussi bien économiques et politiques que culturels entre la France et les pays Centro et Latino-Américains.

Il est en effet patent que l'utilisation de méthodes supposant comme public d'apprentissage des Espagnols et comme relation potentielle visée par cet apprentissage des Français est une double aberration lorsqu'il s'agit du Nicaragua.

Encore, comme je l'ai dit, serait-il utopique de même penser qu'un public en particulier soit visé par les méthodes actuellement sur le marché. Il est plus vraisemblable qu'elles s'adressent le plus largement à l'ensemble des publics existants, allemands comme anglais ou espagnols.

Quoiqu'il en soit le double usage linguistique et culturel de données bilatérales langue de départ-castillan langue d'arrivée-français implique la méconnaissance du fait évident qu'en ce qui concerne l'Amérique hispanophone nous avons à faire à ce que j'appellerais "une partie carrée".

III - Aspects linguistiques du problème
a) La question du castillan comme langue de départ

Première objection à l'usage au Nicaragua d'une méthode supposant comme public de départ des castillans. Le nicaraguayen, par ses modismes, se distingue nettement dans l'usage et la prononciation du castillan.

Les problèmes que l'apprentissage du français présente devraient donc être revus en fonction de cette donnée. En effet, il ne serait pas impossible qu'on s'aperçoivent que certaines difficultés de l'apprentissage ou qu'*a contrario* des facilités rencontrées par un public castillan n'ont rien à voir, ou du moins doivent être traitées différemment, de celles rencontrées par un public nicaraguayen.

b) La question du français métropolitain comme langue d'arrivée

Mais cela n'est pas encore le principal dans la mesure où l'on peut supposer que le castillan et le nicaraguayen ont suffisamment de points communs pour supporter cette utilisation visant un double public (quoique par exemple l'absence de vouvoiement ou de prononciation des "s" finaux en nicaraguayen pourrait inviter à repenser le problème de leur apprentissage en français non pas dans la perspective d'un public castillan - *qui utilisent le vouvoiement et prononce les "s" finaux* - mais dans celle d'un public nicaraguayen - *qui n'utilisent pas le vouvoiement et ne prononcent pas les "s" finaux* -).

La deuxième objection s'adresse cette fois à l'usage au Nicaragua d'une méthode de français métropolitain.

Ici un problème à multiples ramification se présente à nous. Il me semble qu'il mérite pour cela un certain développement.

Tout d'abord, si l'on considère le niveau de vie moyen du Nicaragua et le fait que depuis plusieurs années déjà même les étudiants de français n'ont plus de bourse pour deux ans mais pour seulement un ou deux mois, il est évident que les chances pour un Nicaraguayen d'aller en France métropolitaine sont des plus réduites.

Il conviendrait donc d'orienter l'apprentissage non pas vers la connaissance d'un français métropolitain, et même plus particulièrement parisien, mais vers l'apprentissage d'un français québécois, martiniquais ou louisianais.

Cette différence est d'importance à deux titres.

Au niveau linguistique il est évident qu'aussi bien dans le vocabulaire et les expressions qu'en ce qui concerne l'accent, le martiniquais, mais surtout le québécois et le louisianais n'ont rien en commun avec le "parisien". Il paraît donc aberrant de proposer à des apprenants de maîtriser une langue qui ne leur permettrait pas seulement d'en comprendre ses plus proches représentants.

Néanmoins cette constatation pose un autre problème. S'il est vrai que l'anglais des Etats-Unis est à lui seul la langue d'un continent et justifie donc que l'accent soit porté sur son apprentissage plutôt que sur celui de l'anglais du Royaume Uni dans les classes nicaraguayennes, il n'en va certainement pas de même pour le français, du fait même de son statut à nombre d'égards minoritaire.

Dans un cas la norme, définie dans les langues vivantes par l'usage seul, est en Amérique l'états-unien et non l'anglais. Dans l'autre le français, de par son statut encore une fois minoritaire (la France ne joue quasiment aucun rôle en Amérique Latine et le nombre des apprenants en est pour cela extrêmement réduit), nécessite une analyse quelque peu différente.

De fait, ni le québécois, ni le louisianais, ni le martiniquais n'ont un véritable poids. La question de la langue au Québec, pour profonde, complexe et vive qu'elle soit, n'empêche cependant pas la très nette domination de l'anglais au Canada, et les référendum consécutifs n'ont jamais abouti à la formation d'un Québec francophone indépendant. Que les réticences viennent des Québécois eux-mêmes, des Canadiens ou du manque d'empressement de la France à donner au bon moment des signes de soutien à la population francophone, il ne m'appartient pas ici d'en décider. Le fait reste que le français est en Amérique largement minoritaire, et que la position française dans ce continent ne laisse pas présager qu'il en soit autrement avant longtemps.

Dès lors il est clair que l'apprentissage du français ne concerne que pas ou peu un public de spécialité (bien que le département de français de la UNAN ait connu ces dernières années un fort développement dans la branche du français de spécialité, que ce soit dans l'apprentissage du français appliqué au tourisme ou à la médecine). Ce que je veux dire par là c'est que l'apprentissage du français au Nicaragua ressort moins d'un besoin économique (ce qui fait la force de l'apprentissage de l'anglais) que du désir de connaissance, qui est parfaitement gratuit et ne produit par conséquent que peu de vocations (d'autant que, conséquence logique, il offre peu de débouchés).

C'est pourquoi, faute de nécessité économique ou politique justifiant l'abandon de l'apprentissage du français métropolitain au profit des francophonies d'Amérique (québécois, martiniquais, louisianais), c'est bien toujours le français métropolitain que apparaît comme normatif. Il faut donc continuer de proposer aux étudiants l'apprentissage d'un français métropolitain dont le caractère international, puisqu'il permet aussi bien de dialoguer avec un belge, qu'avec un suisse, un africain francophone, qu'avec un réunionnais, un martiniquais, un louisianais ou un québécois, valide à lui seul son importance au sein des méthodes de langue.

Problème crucial donc, on s'en rend compte. Le français métropolitain ne saurait permettre le développement d'échanges véritables entre les pays francophones et hispanophones d'Amérique mais l'absence même de ces échanges implique qu'il serait impensable de remettre en cause son utilisation comme norme dans l'apprentissage du FLE.

C'est donc vers une conception intermédiaire de la question qu'il me semble qu'on doive s'orienter dans la recherche d'une méthode performante d'apprentissage du français.

Si le français métropolitain n'offre aucun débouché mais qu'il représente la norme, il apparaît qu'il faut d'une part le conserver dans l'enseignement initial et d'autre part en réduire l'importance de moitié au profit des langues francophones d'Amérique.

Cela suppose que la relation binaire, que j'ai précédemment définie comme "langue de départ-castillan langue d'arrivée-français", se change en "langue de départ-nicaraguayen langue d'arrivée-langues francophones d'Amérique/français".

Comme j'ai relevé les problèmes linguistiques du rapport entre castillan et nicaraguayen en ce qui concerne la définition des modismes de la langue de départ, il faut relever aussi les problèmes linguistiques du rapport entre les langues francophones d'Amérique et le français.

Le cas est ici plus complexe encore, du fait que, s'il apparaît logique d'abandonner purement et simplement la définition de la langue de départ comme étant le castillan pour ne plus la définir que comme étant le nicaraguayen, nous avons vu qu'il ne pouvait pas en aller de même pour la langue d'arrivée, le français, s'il est inadapté aux échanges linguistiques ou commerciaux en Amérique, restant néanmoins le mode d'expression international normatif des communautés francophones entre elles (leur langue "véhiculaire" dirons-nous, au sens où par exemple, et sans méconnaître que je force ici le trait, le québécois en serait une forme "vernaculaire").

C'est donc une triangulation qu'il faut mettre en place pour orienter la création d'une méthode performante. Je pense que la mise sous forme de tableau rendra plus perceptible ce que je veux dire. Prenons la relation carrée que j'ai précédemment définie :

langue de départ CASTILLAN	langue de départ NICARAGUAYEN
langue d'arrivée FRANÇAIS	langue d'arrivée LANGUES FRANCOPHONES D'AMERIQUE

Les méthodes classiques proposent déjà des systèmes d'apprentissage des modismes du français adaptée à un public de castillans. Du moins peut-on le supposer (ne serait-ce que par commodité pour mon raisonnement ici, même si cela demanderait à être précisé, voire modulé, comme je l'ai évoqué).

Cependant, ces méthodes n'étudient pas le rapport nicaraguayen-français, et encore moins le rapport français-langues francophones d'Amérique.

Or si l'on part de ma proposition, il conviendrait de créer des exercices appropriés à un public nicaraguayen cherchant à maîtriser non seulement les modismes les plus généraux du français (afin d'acquérir la connaissance d'une norme langagière) mais aussi ceux des langues francophones d'Amérique afin de pouvoir développer des relations, que ce soit privées ou commerciales, avec des ressortissants de ces très proches pays francophones.

Nous aurions donc affaire à une triangulation d'une langue de départ vers deux langues d'arrivée de ce type:

☐ langue de départ
☐ NICARAGUAYEN
☐☐
☐
☐ langue d'arrivée
L. FRANCOPHONES D'AMERIQUE   langue d'arrivée
                                          FRANÇAIS

Le dernier problème posé par l'apprentissage du français au Nicaragua sera donc de résoudre la relation complexe existante entre les modismes du français métropolitains et ceux des langues francophones d'Amérique.

Il va de soi que, de plus, ces modismes devront être reportés aux difficultés qu'ils peuvent présenter pour un public nicaraguayen (et non castillan), comme je l'ai dit.

Cependant, encore une fois l'ultime problème, et non le moindre, sera de permettre la maîtrise des particularismes de langages francophones d'Amérique, non seulement en conservant à l'apprentissage du français métropolitain son statut normatif, mais encore en rendant compte des spécificités des différents *modismes propres à chaque langue francophone d'Amérique*, c'est-à-dire à la fois en n'éludant pas la difficile question de rendre compte aux étudiants de leurs diversités, et à la fois en permettant l'apprentissage et la connaissance de leurs typismes communs, qui eux-mêmes rendent possible une manipulation comparable de chacun de ces langages et nécessitent d'être appris aux hispanophones à qui ils peuvent leur créer des difficultés.

Cela veut dire que, comme tout apprentissage de langue, celui parallèle du français métropolitain et des langues francophones d'Amérique doit, par commodité mais aussi pour les besoins évidents de la clarté pédagogique, se fonder sur les points communs qui permettent aux hispanophones de manipuler un groupe d'autres langues d'origine latine.

Mais cela veut aussi dire que l'apprentissage, fondé sur les possibilités qu'offre une origine commune, devra insister dans les exercices et les leçons sur trois types de différences:

1°/ Les différences d'usage entre le français métropolitain et l'espagnol nicaraguayen;

2°/ Les différences d'usage entre les français métropolitain et les langues françaises d'Amérique;

3°/ Les différences d'usage entre le français métropolitain et l'espagnol nicaraguayen.

Ce n'est qu'en tenant compte des principales différences et similitudes entre le français métropolitain et les langues françaises d'Amérique que l'on pourra proposer aux apprenants un programme à la fois complet (grâce à l'acquisition d'une connaissance globale des différents modismes) et cependant assimilable (grâce aux facilités des similitudes).

Mais comme, évidemment, les apprenants de langues n'ont pas vocation de linguistes, il ne s'agira pas de les encombrer de connaissances superflues de particularismes que même l'usage intime des langues francophone ne justifierait pas.

Le problème n'est pas de tenter de faire maîtriser aux étudiants de français l'intégralité des modismes de chaque langue francophone d'Amérique en plus de ceux du français métropolitain.

C'est pourquoi il faudra insister dans la création de la méthode sur les similitudes susceptibles de faciliter l'apprentissage, et les chercher partout où ils peuvent se présenter. Cela afin de permettre de mieux cerner les particularismes dont la méthode devra rendre compte mais aussi d'éviter de faire d'une méthode qui doit rester générale un lexique ou une grammaire comparatifs de la francophonie.

D'ailleurs, du fait même de la novation totale de cette méthode, l'insistance sur les similarités aura le double avantage non seulement de permettre un plus facile apprentissage pour les étudiants, mais aussi de faciliter l'élaboration du programme d'apprentissage par les professeurs.

A contrario pourtant, le développement logique de cette méthode, et son intérêt aussi, sera d'ouvrir sur l'apprentissage plus pointu des particularismes du langage de chaque communauté francophone, selon les besoins exprimés par les apprenants en ce qui concerne le français de spécialité. Cela veut dire que l'orientation d'apprentissage devra tenir compte dans ce domaine particulier à la fois du secteur dans lequel les apprenants veulent progresser et de la communauté francophone qu'ils envisagent de contacter plus particulièrement dans la réalisation de leurs projets professionnelles.

Dans ce cas, le français de spécialité doit être à l'écoute et à l'entier service des apprenants, afin de permettre l'expansion des relations économiques entre les pays francophones et la Nicaragua - ce qui, par contrecoup entraînera le développement de l'apprentissage du français (par les besoins économiques ainsi créés) -. Ainsi par exemple un groupe d'apprenants désirant ouvrir un partenariat agricole avec le Québec devra pouvoir apprendre le triple langage de l'agriculture (1) utilisé par les Québequois (2), spécialement dans leurs relations internationales (3).

IV - Aspects culturels du problème et conclusion sur les perspectives offertes par une méthode adaptée au public et aux besoins de l'Amérique hispanophone

Sur le plan culturel, il va de soi que l'organisation de la méthode, dans les mises en scène des bandes-dessinées, les textes à lire, mais aussi les photos et les références diverses (à la télévision, au cinéma, aux sorties, etc.), devront venir soutenir, certes la connaissance d'un minimum d'aspects de la culture de la France métropolitaine et de ses hauts lieux (les monuments de Paris, Versailles, les châteaux de la Loire ou les sites importants comme Marseille ou Lille, quelques habitudes du cycle de la vie et différences entre les régions qui pourront être mis en scène dans une ou deux bandes dessinées), mais surtout la connaissance de la culture, de la pensée et de la vie des peuples francophones d'Amérique (comment vit-on en Martinique, quand la Martinique a-t-elle été découverte, la spécificité du mode de vie en Louisiane sur celui des autres états des USA, les problèmes raciaux dans le Sud des Etats-Unis, la question de la francophonie au Québec, ses grands représentants, l'histoire du pays, qui pourront être abordés à la fois par le biais par exemple d'extraits de journaux pour la question de la francophonie au Québec, ou de résumés en fin de volume).

Les photos elles-mêmes devraient être moins anecdotiques parfois et surtout toujours centrées sur les pays francophone d'Amérique, sauf peut-être, en couverture par exemple, pour montrer des symboles comme la Tour Eiffel ou le buste de Marianne.

J'ose penser que cette révision souhaitable des méthodes, qui toucherait donc à la fois l'orientation linguistique (apprentissage de la syntaxe et de ses modismes, mais aussi du lexique et des expressions) que l'orientation culturelle (scènes de la vie quotidienne, références aux habitudes, goûts et coutumes, mais aussi histoire et problèmes sociaux et économiques), déboucherait sur la mise en place d'un véritable dialogue entre les cultures, et par là même, montrerait aux apprenants que la francophonie, vivante en Amérique, peut être un débouché et une voie véritable d'échanges. Si l'ensemble des partenaires potentiels acceptaient de s'intéresser à ce projet, il est à parier que dans quelques années le partenariat entre d'une part le Nicaragua (et pourquoi pas, à plus grande échelle, les pays hispanophones) et d'autre part les départements français et les pays francophones d'Amérique connaitrait un développement lié au fait que tous pressentent la nécessité de faire front face à l'anglophonie, que ce soit du point de vue linguistique pour les pays francophones, ou que ce soit du point de vue économique pour les pays hispanophones.

VI - Partenaires susceptibles de fournir le matériel (logistique, linguistique) au développement du projet:

- Département de Français de la UNAN à Managua;
- Ambassade de France à Managua;
- Ambassade de Belgique à Managua;
- Consulat du Québec à Managua;
- Comité d'entraide avec la Suisse à Managua;
- Alliance Française à Managua;

- Ministère des Affaires Etrangères à Paris;
- Ministère de l'Education nicaraguayen (MED);
- Ministère de la culture nicaraguayen;
- Université Catholique Autonome de Managua (UCA);
- UNAN de Granada.

San José, Costa Rica

Comme convenu, tu trouveras ci-joint la carte postale de San José (je crois que ce sont des vues d'édifices du parc central), ainsi que la copie de l'attestation de la UNAN.

Je ne sais pas si ma lettre vous arrivera et tout aussi peu si demain ils me laisseront de nouveau passer la frontière.

Jusqu'ici tout c'est bien passé.

Me croiras-tu si je te dis qu'en t'écrivant les mots qui me viennent sont en espagnol et qui plus est des mots d'amour pour l'essentiel?

J'ai paradoxalement l'impression de vous envoyer un compte-rendu d'activité quand je voudrais simplement partager avec vous ce sentiment étrange.

Ici il est 7 heures du soir et il fait nuit depuis une heure.

Chez vous il doit être un peu plus de 3 heures du matin. Je pense à Vanzay et aux soirs tristes de la banlieue - souvent je ne crois pas que je les regrette.

Derrière les volets tirés, j'entends le bruit des voitures, je vois clignoter les slogans lumineux des boîtes de nuit ou des strip-teases. Je suis à quelques pas de la rue commerçante. Les lieux où l'on mange regorgent de fumée derrière leurs vitres éclatantes. Ca me rappelle un peu Saint-Denis la nuit, mais sans putes.

Je n'aurais vu San José que sous la pluie. C'est une belle ville. On dirait Londres. Le centre est aussi compact, mêlant les grands magasins, le centre administratif et les rue du commerce. De ma chambre, je peux voir un château.

Je ne savais pas ce que c'était. Je pensais que peut-être le Parlement? Ca me faisait irrésistiblement penser à Kafka.. Alors je me suis renseigné, et j'ai appris qu'il s'agit en fait de l'ancienne prison nationale, transformée en Musée du Jouet et du Sport.

J'en viens aux choses sérieuses.

Je me sens un peu comme il y a cinq ans avec cette histoire d'argent.

Je veux simplement te dire que tu vois, je n'ai pas perdu mon temps. Et quand je vous avais dit que je venais travailler et non en vacances, je ne t'avais pas menti.

En France, jamais je n'aurais eu l'attestation ci-jointe et pas plus celle que María Leonor doit me ramener de la Maison des 3 Mondes à Granada. Si elle ne le fait pas, j'irai mercredi avec Elisa. C'est un joli nom, hein ?

En plus, si je reste, il y a une bonne chance pour que je donne un cours payé de post-grado pour les profs de la UNAN.

Il est donc impératif, comme je suppose que rien ne se débouche en France, que je puisse bénéficier de 3000 Frs/mois au minimum, pour payer le loyer, les déplacements, le ménage (lavage de mon linge je veux dire), le manger.

Je pense que vous vous rendez compte de l'importance de ce que je fais ici pour mon C.V. A l'âge que j'ai il n'est plus temps de penser à court terme (comme vous l'avez fait en achetant pas le studio). Je ne veux pas vous faire de reproche en disant ça, seulement vous faire comprendre que ce n'est pas en m'obligeant à rentrer en France alors que j'ai sincèrement plus de perspectives ouvertes ici en 4 mois qu'en 3 ans en France que vous ferez le bon choix ni pour vous ni pour moi.

Chose plus sérieuse encore. J'aime follement Elisa. Je crois que c'est la première fois que je peux le dire sincèrement d'une femme. Je ne sais pas ce que ça peut donner et je ne veux pas que vous nous jugiez elle ou moi. Soyez seulement fiers (pour le travail accompli ici) et contents (parce que j'aime) pour moi.

Elle a une quarantaine d'années (je ne sais pas son âge exact), une fille de 14 ans, est mariée mais séparée depuis 12 ans. Elle vient d'une famille bourgeoise, riche (elle a une maison à elle) et cultivée. Ses frères et soeurs sont psychiatres, ingénieurs et juristes. Je vous dis ça pour que vous ne vous fassiez pas de fausses idées sur elle. Si l'un des 2 peut paraître le plus intéressé, c'est bien moi.

Elle est professeur de philosophie à la UNAN et responsable du programme d'histoire de l'art. Elle a soutenu sa thèse en esthétique à Saint-Pétersbourg. Elle parle russe et apprend l'anglais. Elle a publié de nombreux articles dans des revues spécialisées.

Elle est belle et intelligente.

Je l'aime.

Je voudrais faire ma vie avec elle.

Je voudrais lui faire un enfant.

Jusqu'à maintenant notre amour, sans être platonique, n'a pas été autre que courtois.

J'ai peur de la perdre.

Huguette, ce passage disons t'es strictement réservé et est confidentiel.

Ce n'est pas que j'aie honte, mais si un jour Elisa lit cette lettre, je ne voudrais pas qu'elle croit que j'étale ma vie sexuelle en public.

Ce n'est pas mon genre.

Disons que ce que je vais dire est un exutoire à la peur affreuse qu me ronge de perdre Elisa.

Avant de la connaître, j'ai eu quelques relations (avec préservatif) avec des putes et une amie de María Leonor (mais María Leonor ne le sait pas - du moins moi je ne lui ai rien dit et n'en ai parlé à personne avant toi -).

Je n'ai jamais été un grand baiseur, mais je crois que la relation avec Martine - que je ne désirai pas sexuellement - a été fatale.

En effet, dans aucune de ces dernières relations que je viens d'évoquer, avec des putes ou l'amie de María Leonor, je n'ai pu éjaculer, bien qu'étant en érection et que les filles me plaisaient.

Je n'ai jamais eu pour habitude de me masturber beaucoup, mais depuis que je connais Elisa je le fais souvent plusieurs par jour et j'éjacule.

Je le fais un peu pour me rassurer sur mon état physique et beaucoup parce que je l'aime et la désire ardemment.

Tout ce passage scabreux pour te dire que je l'aime et espère ne pas la perdre pour mon impuissance - que j'espère passagère - dans les 3 mois à venir.

Car tu sais je reste aussi beaucoup pour elle. En premier lieu pour elle.

Voilà rien de plus pour l'instant.

Je vous embrasse tous les 2 et espère que vous comprendrez où est mon intérêt professionnel et sentimental et ne me créerez pas de problèmes inutiles.

J'espère au contraire qu'aujourd'hui enfin vous reconnaissez mon mérite, ma valeur et mon travail et que votre fierté sera de m'aider à persévérer dans cette voie.

Pensez aux articles et aux demandes pour les Universités (chargé de cours, ATER, maître de conf.) et pour le CNRS, ainsi que pour les USA.

Ici il est presque 8 heures du soir, et chez vous il est un peu moins de 4 heures du matin. J'ai fini ma lettre. Il a cessé de pleuvoir.

Demain à 4 heures (l'heure qu'il est actuellement chez vous) je me réveillerai pour prendre le bus de 6 heures à destination de Managua.

Je suis amoureux et j'ai peur.

Je vous aime et j'espère que vous me le rendrez.

Texte de la carte jointe:

"28. Kiosko commemorativo Fábrica Nacional de Licores. 1947. Decoración sobre azulejos de Adolfo Sáenz - Casa Amarilla, 1916. Ministerio de relaciones exteriores - Portal de ladrillo rojo. Decoraciones sobre azulejos alegóricos al Quijote según dibujos de Gustavo Doré, realizado por Guido Sáenz, 1961.

Commemorative Kiosk of the Liqueur National Factory. 1947 - Casa Amarilla. 1916. Today is the building of the Foreign Ministry. - Red Brick Entrance to Quixote allegorical glased tile."

J'espère que Maurice n'a pas les timbres que vous trouverez sur l'enveloppe (si elle vous parvient)

et qu'il n'a pas vendu sa collection pour un prix misérable.

Je vous embrasse.

Si tout va bien, peut-être pourrez-vous venir pour les fêtes de Noël?

PROJET EN VUE D'UNE CANDIDATURE A UN POSTE D'ENSEIGNANT EN ARTS PLASTIQUES

Notre but sera de montrer aux élèves comment utiliser consciemment les recours narratifs des arts plastiques, afin qu'ils puissent employer les motifs en tant qu'unités minimales de sens.

Ils pourront ainsi jouer des principes de l'art minimal (notamment le non respect des dimensions conventionnelles de l'œuvre peinte), en l'asservissant à un art vraiment engagé.

En effet, l'art figuratif ne peut jamais que renvoyer à des formes d'expression conventionnelles, donc par définition prédéterminées. C'est donc vers l'art abstrait que doit se porter notre recherche.

Or, l'abstraction n'offre pas directement d'appui à une recherche thématique profonde, la forme pure ayant pour limite intrinsèque sa propre géométrie. Ce qu'on voit très bien dans les expériences mathématiques répétitives de l'art minimal.

Notre projet sera donc de nous abstraire de la figuration (y compris de la nouvelle figuration, qui n'est qu'une autre manière de privilégier une forme privée de sens fort -au sens où Barthes définit ce concept -, à travers des représentations ingénues du quotidien de l'artiste), sans tomber toutefois dans un esthétisme pur, d'ailleurs dénoncé par Devade dans ses travaux sur l'origine historique de l'abstraction au XXème siècle.

L'utilisation consciente de motifs en tant qu'unités minimales de sens est donc, comme nous l'avons dit, le seul moyen possible de se libérer des carcans du discours «sociolectal», prédéterminé, de l'art figuratif, tout en étant capable de créer une abstraction qui puisse revendiquer des positions non purement formelles.

C'est le sens des symboles traditionnels, propres à chaque nouveau motif, et qui, mis bout à bout et côte à côte, permettront de jouer et de pervertir à volonté les schémas habituels (à travers les jeux qui s'établissent entre la représentation et son titre, entre les différents éléments de la représentation, ou enfin entre l'œuvre et les références, artistiques, littéraires, intellectuelles, etc., auxquelles elle renvoie), pour leur en substituer d'autres, sans s'abstraire du contenu au profit du contenant.

On pourra appeler ce principe la nouvelle abstraction, en ce que, d'une part elle prétend recourir aux principes de l'art abstrait, sans y succomber, tout en s'insurgeant violemment contre le caractère ingénument décoratif des représentants de la nouvelle figuration.

EXPERIENCE DANS L'ENSEIGNEMENT

Durant mes études j'ai donné des cours particuliers de littérature, langues étrangères (espagnol et anglais), histoire-géographie et philosophie à des élèves des premiers et second cycles.

En 1993, je suis parti comme Coopérant au titre du Service National au Nicaragua. En tant qu'Attaché Linguistique, adjoint de l'Attaché Culturel, j'étais responsable, au niveau national, de l'enseignement du Français Langue Etrangère (FLE) et des activités culturelles, à la fois au sein de l'Ambassade de France, et auprès des différents organismes (Alliance Française, Universités, Collège Français, Radios Universitaires) relevant directement de l'Ambassade ou travaillant en collaboration avec elle. A cette époque, j'ai notamment été à l'origine de la création de la Bibliothèque de l'Alliance Française de Managua, ainsi que de la filière de traduction technique-traduction littéraire de la UNAN (Université Nationale Autonome du Nicaragua) de Managua. Filière que j'ai encore appuyé, tant dans l'aspect théorique et pédagogique, que comme enseignant, en 1996-1997, lors de sa création effective.

Après ma soutenance de thèse, j'ai donné une conférence sur les problèmes d'interdisciplinarité et d'analyse des oeuvres pour des doctorants en Sociologie de l'Université de Besançon, à partir des théories, critiques et propositions développées dans mon doctorat.

En début juillet 1996, je suis parti au Nicaragua, que je connaissais pour y avoir assumé, comme je l'ai noté, les responsabilités d'Attaché Linguistique. Depuis cette époque, j'ai travaillé pour l'Université Nationale Autonome du Nicaragua (UNAN-Managua).

En juillet-août 1996, j'ai collaboré avec le Département de Français, me chargeant de plusieurs cours de Français FLE, dont particulièrement le cours de spécialité donné aux étudiants et professeurs de la Faculté de Médecine, et les cours de Français Général Ière et IIème année.

Durant le second semestre 1996, j'ai donné un cours d'Histoire de l'Art (antiquité-XXème s.) pour les jeunes artistes de l'Ecole Nationale Supérieure de Beaux Arts Armando Morales (ENSAM) de Granada. D'orientation iconologique (comment concevoir l'évolution de l'humanité à partir de ces productions culturelles considérées révélatrices de la mentalité collective et de ses symboles: relation entre les peintures rupestres et l'organisation sociale primitive que nous révèle leur organisation sur les parois des grottes; les nombreux symboles de la Terre-Mère des pétroglyphes préhistoriques; le symbolisme néoplatonicien des différentes formes d'Amour; etc.), ce cours m'a valu d'être appelé par la UNAN pour m'occuper du cours de spécialisation en Histoire de l'Art donné aux élèves de dernière année d'Histoire, cours que j'ai donné en développant les aspects iconologiques, interdisciplinaires et mythanalytiques.

Parallèlement, j'ai donné une série de conférences sur l'interdisciplinarité en Sciences Humaines aux professeurs du Département de Philosophie, qui déboucha sur la création du CEPEN (Centre d'Etudes de la Pensée Nicaraguayenne), où, ayant eu la chance de pouvoir participé directement à l'élaboration théorique et à la mise en place du contenu méthodologique du Centre, il m'a été donné de diriger les travaux d'analyse systématique de l'oeuvre littéraire de Rubén Darío et les recherches sur les problèmes épistémologiques dans l'analyse des productions symboliques, dans le champ latinoaméricain, notamment à partir des travaux de l'argentin Arturo Andrés Roig et des Patriarches de la Philosophie mexicaine (Leopoldo Zea en particulier).

J'ai ainsi assumé dans le Département de Philosophie le poste de professeur d'Esthétique latinoaméricaine, mais aussi de spécialiste en Histoire de l'Art et de Sémiologue auprès des Départements d'Histoire, de Culture, de Français et de Littérature (Espagnole), de la même Université, aidant le rapprochement entre ces différents Départements, toujours dans une perspective d'investigations interdisciplinaires.

J'ai mis en place les programmes de recherche et d'étude des courants de pensée contemporaine (postmoderne en particulier) et de leurs manifestations (étude des courants littéraires et artistiques nicaraguayens des XIXème-XXème s., du modernisme à l'art abstrait) pour les principales Universités privées (UCA, UPOLI, ENSAM) et publiques (UNI, RUCFA, UNAN-León, UNAN-Jinotepe), dans lesquelles j'ai donné plusieurs cycles de conférences.

Les résultats méthodologiques (pédagogiques et scientifiques) de ces cours, conférences et groupes de recherches ont été présentés au Costa Rica, sur demande de l'Université Nationale de Heredia. Il ont particulièrement débouché sur la création d'une école épistémologique iconologique-sémiologique.

Théoricien des arts, poète et artiste reconnu au Nicaragua, comme l'attestent mes nombreuses publications (13 ouvrages et 141 articles), j'ai cependant senti la nécessité, en 1999, pour des raisons évidentes de salaire, de stabilité d'emploi et de diffusion de mes travaux, de me rapprocher du milieu français, fort de mon expérience à l'étranger. J'ai ainsi réalisé un important travail de recherches pour la Conservation des Musées de Vendée, suite à laquelle m'a été proposée par M. Jean-Marie Grassin une conférence au Département de Littérature de l'Université de Limoges. J'y ai également présidé un jury de D.E.A. Parallèlement, j'ai donné d'autres conférences, respectivement en Littérature Comparée et en Histoire de l'Art, auprès des Universités d'Orléans et de Besançon.

Après avoir réussi de manière inespérée à me faire connaître et reconnaître grâce à mes travaux par les milieux intellectuels nicaraguayens, comme en témoignent mes nombreuses publications, j'ai décidé, armé de cette importante expérience, de revenir dans mon propre pays, profitant d'une année sabbatique, en espérant enfin pouvoir y trouver la même place que celle qu'a su m'offrir un pays étranger, en acceptant de me donner ma chance, tant dans mon travail d'enseignant, que dans mon travail de chercheur, n'hésitant pas à me prendre comme professeur dans sa brillante Université Nationale, ni à me publier, allant même jusqu'à m'offrir la responsabilité d'une section hebdomadaire dans le principal journal du pays. Marques de respect et de confiance, je tiens à le préciser, qui sont loin d'être habituelles envers les ressortissants étrangers du "Premier Monde".

Entre janvier et juin 2000, de la même façon que j'avais été président du Jury de thèse à Limoges en tant que Professeur étranger, j'ai pris un poste d'assistant d'Espagnol, en tant que locuteur étranger, au Lycée François Rabelais de Fontenay-le-Comte. Ces deux expériences m'ont confirmé dans la nécessité, et aussi l'urgence, de reprendre ma place à part entière en tant que ressortissant français dans mon pays, afin d'essayer de briser l'étrange paradoxe, au-delà des lieux communs, d'avoir une carrière avérée en Amérique Latine, sans être pour autant reconnu ni connu en ma patrie. D'autre part, mon travail au Lycée François Rabelais représentait pou moi, plus que tout, une manière intéressante de faire valider en France mes aptitudes et mes acquis en tant qu'enseignant, tout en donnant du relief à mon expérience nicaraguayenne.

EXPERIENCE DANS LA RECHERCHE

A partir de 1991, parallèlement à mes études, j'ai commencé à développer une activité de recherche, tantôt en littérature comme en arts plastiques, cinéma et mythologie.

Fondé sur les travaux de Panofsky, Barthes, Dumézil, Jung, Frazer, Bettelheim et Saintyves notamment, et par conséquent d'orientation volontairement interdisciplinaire, ce projet de recherche avait pour but de montrer la persistance des symboles dans la mentalité sociale afin d'en opérer une critique systématique, mais aussi de démontrer que l'oeuvre est un objet culturel, c'est-à-dire conceptuel et intentionnel, et non comme le répète la critique traditionnelle (que ce soit en littérature, linguistique, esthétique, psychologie de l'art, sociologie de l'art, histoire ou histoire de l'art) un "bel objet" tout juste capable de nous procurer un sentiment d'empathie, son sens premier et final venant non de la volonté de l'artiste sinon de l'état d'âme du spectateur ou du lecteur.

J'ai ainsi à mon actif, outre des travaux inédits sur Poe, Jean Ray, l'Hermès thrace, Magritte, Hitchcock,..., 13 ouvrages publiés (ma thèse, un catalogue d'exposition, trois essais et un recueil de poésies en France, le prologue au recueil de poésie d'un auteur nicaraguayen, trois essais, l'un sur les problèmes épistémologiques, l'autre d'analyse littéraire, trois catalogues d'exposition d'art abstrait publiés respectivement au Nicaragua, Pérou et Salvador), et 141 articles (7 textes publiés sur Internet; 18 poésies et textes littéraires; 22 articles de littérature comparée; 2 traductions; 19 articles d'histoire de l'art; 73 articles de la section "*Hablemos de Cine*") publiés en France, Belgique et au Nicaragua.

Entre novembre 1997 et juin 1999, j'ai été l'auteur et le responsable d'une section hebdomadaire publiée dans le principal journal nicaraguayen national, intitulée "*Hablemos de Cine*", dont je suis également le créateur. Dans celle-ci mon propos a été d'analyser scientifiquement les films contemporains et classiques à partir de la récurrence de leurs motifs, combinant l'analyse iconologique et sémiologique selon le principe structuraliste de lecture verticale préconisé par Lévi-Strauss pour les mythes et la musique (principe d'analyse séquenciel). Je suis l'inventeur de ce type d'analyse, auquel j'ai donné le nom d'iconologie filmique, et qui m'a permis, dans cette section périodique, d'arriver à une analyse systématique du matériel filmique à partir d'une orientation comparatiste et interdisciplinaire. J'y ai ainsi montré, par exemple: comment dans *Contact* l'utilisation des motifs du *Songe de Scipion* permet au cinéaste de développer une théorie antiscientifique; comment dans *Le cinquième Element* la référence à l'alchimie sous-tend un discours antiraciste; comment dans *Mortal Kombat II* la référence cette fois aux mythes antiques se transforme, selon la formule de Jung, en "*Nekyia psychologique*"; comment *Tarzan* comme *Le Livre de la Jungle* développent la thématique du voyage initiatique alors que *Georges of the Jungle* comme *Goofy* représentent le statut de l'homme moderne maître de fait du monde et de la Nature; comment enfin *Proposition indécente* est une allégorie du *Cantique des Cantiques* (...).

Il devient donc évident que je propose, plus généralement, dans mon orientation de recherche de développer à partir d'une conception interdisciplinaire une méthode d'analyse systématique du contenu symbolique des oeuvres et productions culturelles, qu'elles soient littéraires, plastiques, musicales ou mythologiques. Ce qui implique d'ouvrir et conserver en permanence deux problématiques d'investigation: l'une théorique (problème épistémologique de l'analyse des oeuvres), qui se centre essentiellement sur la résolution des questions d'approche dans une perspective matérialiste et structuraliste; l'autre, pratique, première dans le processus d'investigation, et qui fonde mon orientation théorique à partir de la compilation et analyse des cas précis, n'est autre que l'étude d'oeuvres et matériaux particuliers. Cette orientation ou enracinement dans la "praxis" de mon travail, qui s'oppose donc à l'"intériorisme" des techniques d'approche traditionnelles, se distingue pour être à la fois synchronique et syncrétique. Synchronique, elle suppose, en se basant sur les travaux de Dumézil, Frazer, les folkloristes et les historiens d'art de l'Ecole de Warburg (en particulier Panofsky), qu'il n'y a pas de solution de continuité dans l'évolution de la mentalité collective, et que, par conséquent, les formes les plus primitives d'appréhension cosmogonique du monde nous permettent de comprendre nos propres perceptions, religieuses, philosophiques, historiques, artistiques, politiques, etc. Syncrétique, et en tenant compte de la théorie "postmoderne" à propos des niveaux discursifs du langage et des métalangages, mais en considérant aussi la nécessaire division althusserienne entre idéologie et idéologie scientifique, elle considère indispensable pour le processus d'objectivation non seulement la conscience du point de départ subjectif de tout discours, mais aussi sa prétention à l'universalité qui, comme l'ont montré Cassirer ou le philosophe argentin Arturo Andrés Roig, favorise le passage de la vision subjective, sentimentale, à l'objective, rationnalisée. Pour cela ma proposition de recherche part de la prétention barthésienne, et plus généralement structuraliste, du dialogue entre les sciences. Finalement, d'orientation *"culturologique"*, comme les travaux de Panofsky et la mythanalyse barthésienne, elle part du postulat que ce sont les productions symboliques qui nous ouvrent le champ à la compréhension de notre être humain. Pour cela, en fonction du principe freudien et jungien, elle cherche à retrouver, à travers la récurrence des motifs de l'oeuvre (principe lévi-straussien d'étude verticale de la structure), les éléments idiosyncrasiques des mécanismes dialectiques de «*superación*» (modification-conservation) de la pensée sociale. Ce que jusqu'à présent j'ai pu étudier dans mes travaux sur: Géricault; la permanence à l'époque moderne de la triade Spes-Fides-Isis; le cinéma des Etats-Unis; la formation du discours national latino-américain; les disputes entre franciscains et dominicains qui sous-tendent et révèlent la symbolique des *Tentations de St Antoine* de l'iconographie médiévale; l'inscription de l'oeuvre de Barthes dans la tradition philosophique et linguistique; les formes indicielles (non conventionnelles) de réutilisation récurrente de motifs (de symbolisme au contraire conventionnel) pour comprendre l'art abstrait - thèse cette dernière que j'ai particulièrement développée dans une série d'étude sur les réalisations des différents membres du groupe nicaraguayen d'art abstrait ArteFacto, ce qui a notamment débouché sur deux catalogues d'expositions à caractère international (respectivement pour la Première Biennal d'Art Ibéro-américain de Lima, Pérou, et la Troisième Rencontre Intégrationiste d'Art Centraméricain de San Salvador, El Salvador) dont je suis l'auteur -; etc.

De plus j'ai été, en 1999, Chargé de Mission auprès de la Conservation des Musées de Vendée, dans le cadre de la préparation d'une exposition prévue en l'an 2000, pour une recherche sur le mouvement littéraire, principalement représenté par René Bazin et Jean Yole, et lié au groupe d'artistes dit de Saint-Jean-de-Monts (1890-1930), dont l'initiateur fut Charles Milcendeau. Cette recherche m'a permis de reprendre et d'approfondir les problématiques de ma période nicaraguayenne, à savoir: le régionalisme comme élément central dans la quête identitaire des sociétés contemporaines et la formation de la nationalité; l'exemple hispanique (à travers par exemple la relation entre Milcendeau et Unamuno).

EXPERIENCE DE RESPONSABILITE COLLECTIVE

Ces recherches, qui sont orientées, on le voit, vers les problèmes épistémologiques d'analyse des oeuvres et leur application à l'étude d'oeuvres précises, m'ont valu la reconnaissance des milieux intellectuels et scientifiques centraméricains, ce qui explique que j'ai pu diriger plusieurs groupes de recherches. En particulier dans un essai d'approche systématique de l'oeuvre de Rubén Darío, au CEPEN.

Furent parallèlement réalisés depuis 1996 de nombreux travaux et séminaires sous ma direction avec les étudiants de Philosophie et de Philosophie Latino-américaine, ainsi qu'avec ceux de l'ENSAM, l'UPOLI et la UCA, toujours sur les problèmes épistémologiques d'analyse des oeuvres et leur intérêt dans les sciences sociales.

J'ai réalisé en collaboration avec d'autres professeurs de la UNAN divers travaux sur Darío, la pédagogie, la "*kunstwissenschaft*", qui ont été présentés lors de Congrès inter-universitaires nationaux et internationaux, et également publiés dans les revues spécialisées nationales et internationales.

A cela s'ajoutent encore, plus généralement, mon rôle au CEPEN, mon travail comme Attaché Linguistique de l'Ambassade de France, et l'action auprès de la Conservation des Musées de Vendée, déjà évoqués.

Suite à la création du CEPEN, j'ai encore été, entre 1997 et 1999, l'un des créateurs (élaboration des champs de recherches, mise en place du programme théorique et méthodologique) du Centre d'Etudes Latino-américaines de la UPOLI (Université Polytechnique) de Managua, dont le premier Colloque International s'est célébré en août 1999. Il est important de noter que ce Centre d'Etudes Latinoaméricaines a été mis en place grâce à la collaboration du philosophe Leopoldo Zea et de la prestigieuse UNAM (Université Nationale Autonome de Mexico), dans le cadre, beaucoup plus vaste, de l'ouverture dans chaque pays d'Amérique Latine de Centres identiques, tous orientés vers l'étude du patrimoine latino-américain en Sciences Humaines. Dans le second semestre 2000, j'ai ainsi participé à deux Colloques, respectivement à l'Université de Besançon (France), patronnée par le GRELIS (Groupe de Recherches en Littérature) et le CORHUM (Centre d'Etudes sur le Rire, Université de Paris VIII), et à la UNAN-Managua, patronnée celle-ci par la SOLAR (Sociedad Latinoamericana de Estudios sobre América Latina y el Caribe) sous la direction de Zea, colloques dans lesquels j'ai exposé mes dernières recherches sur les figures de la mythologie nicaraguayenne traditionnelle que sont Tío Coyote (personnage de la littérature enfantine) et *El Güegüence* (une des trois pièces fondatrices de la littérature latino-américaine avec le *Rabinal Achí* guatémaltèque et l'*Ollantay* péruvien) en tant que laïcisation et de diffusion des rites de succession précolombiens (qu'on trouve justement dans le *Rabinal Achí* et l'*Ollantay*, mais aussi dans les figures du dieu fripon des Winnebagos d'Amérique du Nord, étudié par Jung et du Coyote des mythes du Chaco, étudié par Lévi-Strauss).

J'ai en outre participé à plusieurs Congrès Internationaux d'Art et de Littérature, ainsi que, de manière plus ponctuelle, dans la préparation et la réalisation en collaboration de divers programmes auprès de différentes Universités. Par exemple: programmes de Français touristique et de Traduction Littéraire (UNAN), Cours de Français (UPOLI, ENSAM, CONAPRO), Histoire de l'Art (UNAN, UPOLI, ENSAM, UNI), Art Nicaraguayen (UNAN, UPOLI, UNI), Esthétique (ENSAM), Iconologie filmique (UNAN, UCA, ENSAM, UNI), Epistémologie (UNAN, UCA, UNI), création du CEPEN (UNAN), Pensée Postmoderne (UCA, UNI, UNAN), etc.

En 1998, j'ai créé avec d'autres artistes abstraits le groupe *Cualquier Nombre*, dont je suis le théoricien. J'ai également été le théoricien des groupes d'arts plastiques *ArteFacto* et *Pápalotl*, ce dernier dont je suis aussi l'un des cofondateur.

Enfin, j'ai été l'un des membres fondateurs, en 1997-1998, des revues littéraires *Decenio*, *Ojo de Papel*, et *Pápalotl*, et en 1999, de l'Association Nicaraguayenne d'Auteurs, mouvement indépendant regroupant les écrivains et intellectuels nicaraguayens pour une presse culturelle libre contre les monopoles médiatiques nationaux et internationaux.

Très cher Professeur,

Comme convenu, je vous envoie quatre thèmes de conférence sur lese els il m'intéresserait d'intervenir dans votre séminaire:

1 - Les problèmes épistémologiques d'analyse des productions symboliques: questions de: degré de lisibilité des oeuvres (littéraires, plastiques, etc.) et mythes à partir de l'étude de la récurrence de leurs motifs, considérés comme unités minimales de sens; lecture verticale, d'origine structuraliste, de ces motifs; interdisciplinarité; métathéories.

2 - La question métathéorique: autre angle d'approche sur les mêmes

problèmes qu'au 1°. Histoire idéologique de la question métathéorique dans le discours postmoderne, et ce que cela implique au niveau de l'analyse scientifique: retour à des thèses idéalistes; préférence du statut du "locutaire" (spectateur ou lecteur dans ce cas) au détriment du "procès d'énonciation" (l'oeuvre en soi); mésinterprétation de la théorie barthésienne sur le degré zéro considéré comme un phénomène, alors qu'il s'agit probablement pour Barthes d'un "nihil negativum", dans une proposition d'étude du sens à partir de son degré de "testificabilité" (Popper).

3 - Les arquétypes du discours régionaliste dans la construction du nationalisme: à travers les exemples que je connais le mieux: Nicaragua et Vendée (fin XIXème-début XXème s.). Le roman familial vendéen comme expression du problème de la terre. Patrie et foyer dans la narrative vendéenne et le théâtre nicaraguayen. La question de la terre et du pays comme symboles nationaux. Vers une politique de l'exclusion: être Autre, tout en étant le même: l'idéologie royaliste et catholique vendéenne dans la narrative, comparée aux thèses d'un "idéal républicain" de Mme Fouillée (G. Bruno) dans *Le Tour de France par deux enfants*; l'idéologie moderniste, huguesque, chez Dario (avec références à l'*Ariel* de Rodó), comme construction d'un discours de l'altérité, et ses conséquences au XXème siècle: l'aventure individuelle comme allégorie du destin collectif dans des genres aussi divers que le roman policier, le roman familial et régional. Le statut enfin de l'écrivain comme représentant anonyme de la masse: conception christique et prométhéenne de l'homme moderne face à l'industrie et à l'Etat-Léviathan: vers une "unité dans la diversité" selon le mot du philosophe nicaraguayen Alejandro Serrano.

4 - Comment traiter l'analyse textuelle dans une perspective mythanalytique. Est-il valide d'aborder les oeuvres en considérant que sous le message évident, elles cachent un message ésotérique? Limites des théories néobarthésienne (Brunel) et néojungienne (Aubailly), et univocité de ces interprétations par rapport au discours originel de Barthes et Jung. Origines de la mythanalyse: le comparatisme (mythologie comparée: Müller, Dumézil; littérature comparée; folklorisme; iconologie; structuralisme). Exemples tirés de ma propre expérience: le cas littéraire du "dieu du pet" et celui de l'analyse filmique.

Je ne développe pas plus, pour ne pas allonger ma lettre. Mais, bien sûr, chaque point peut être précisé ou remanié. Je pense qu'un type de conférence dans lequel les étudiants peuvent participer en posant des questions pourrait être profitable, puisqu'au fond, les précédents thèmes représentent autant des propositions que des résultats de recherches.

Dans l'espoir que l'un de ces sujets puisse s'intégrer à votre séminaire,

Très sincèrement vôtre,

Monsieur,

Je me permets de vous recontacter, car en 1996 M. Hazan (dont on m'a informé qu'il ne travaille plus avec vous), ayant lu un article que j'avais à l'époque publié dans *La Revue de la Bibliothèque Nationale de France*, avait reçu avec beaucoup d'enthousiasme le projet d'ouvrage d'iconologie moderne que je lui avais soumis.

En effet, il venait de publier plusieurs oeuvres de Erwin Panofsky et était intéressé par l'édition d'un livre sur des études récentes reprenant la méthode warburgienne, ce qui serait venu confirmer sa validité pour l'Histoire de l'Art la plus récente.

C'est en réalité par ma faute, bien que malgré moi, que je n'ai pu donner suite à ce projet, étant parti peu de temps après enseigner l'Esthétique et la Sémiologie à l'Université Nationale Autonome du Nicaragua, où m'avaient appelé des amis et collègues de longue date.

Ce n'est donc que récemment que mes occupations professionnelles m'ont de nouveau laissé un espace libre pour reprendre ce projet, qui me tient pourtant fort à cœur.

Sachant que vous mêmes disposez de peu de temps, il me semble plus adéquat de vous donner ci-après le sommaire de l'ouvrage auquel je pense. Il s'agit d'un recueil de onze essais touchant à l'art moderne, de la fin du Moyen Age jusqu'à l'entrée dans ce qu'il est convenu d'appeler l'époque contemporaine (en réalité le début du XIXème siècle).

Certains de ces travaux (ceux sur la *Crucifixion*, sur *La Tentation de Saint Antoine*, et sur la roue de Sainte Catherine, ainsi que la première partie de l'article sur Isis au Moyen Age) ont déjà été publiés en revues, cependant certains l'ont été en France, d'autres à l'étranger. Il me paraît donc tout à fait intéressant et légitime de les intégrer à un corpus plus large, pensé, comme ce fut le cas originellement, dans le sens d'une théorisation globale de l'art.

Vous voudrez bien, à ce propos, trouver également ci-joint la liste de mes publications.

En vous souhaitant bonne réception de l'ensemble, j'espère que ce projet, caressé depuis plusieurs années mais que les imprévus de ma vie personnelle, professionnelle et scientifique ne m'ont malheureusement pas permis de mener à terme jusqu'à aujourd'hui, verra enfin le jour, sous l'égide, je veux le croire, de vos éditions dont je considère, comme nombre d'autres historiens d'art dans notre pays, qu'elles ont permis de redécouvrir, et à défaut de faire connaître, les fondamentaux travaux iconologiques de l'Ecole de Warburg en France.

Dans l'espoir de vous rencontrer bientôt, je l'espère, je vous prie de croire, Monsieur, à mes sentiments distingués,

Madame,

J'accuse réception de votre envoi, dont je déplore cependant qu'il arrive aussi tardivement, et ce sans nul doute parce que, si votre lettre est bien datée du 27 avril - soit quelques jours après notre entretien téléphonique -, le colis n'a été effectivement posté que le 3 du mois courant.

Je ne sais si je dois vous remercier de vos conseils, ou bien en prendre ombrage. Je les trouve en effet assez ironiques. De fait, vous m'avez dit, lors de notre communication, avoir 36 ans, et être maître de conférences depuis 1989 (année de votre soutenance, faut-il le préciser). Non seulement ceci signifie que vous avez fait partie de ces rares élus élevés au grade de maître de conférences avant même de soutenir leur thèse (ce qui est contraire au décret du 6 juin 1984), mais encore que vous avez été propulsée à ce poste à l'âge pour le moins peu canonique de 25 ans, ainsi que le démontre un facile calcul. Ayant moi-même presque 32 ans, étant, comme vous le savez, auteur de 140 articles et d'une dizaine d'essais à caractère scientifique publiés hors de nos maigres frontières, et ayant enseigné 4 ans à l'Université Nationale du Nicaragua (UNAN), vous me permettrez de rester sceptique quant à votre appréciation sur ce qu'est un «dossier... solide», fruit de «quelques années» de travail.

De fait, mais la curiosité m'ayant fait rechercher vos publications, sur lesquelles vous êtes restée fort évasive au téléphone, je n'ai rencontré aucun ouvrage - sinon un malheureux fascicule de préparation au CAPES -, qui soit de vous. Excusez-moi de le dire. Il semble en effet que votre carrière d'«investigation» (le mot est en l'occurrence plaisant) ait essentiellement consisté à réunir les travaux des autres... Je ne parlerai pas de votre doctorat, dont la problématique est basée sur une catastrophique interprétation des thèses rebattues de Barthes notamment (je vous en joint d'ailleurs une critique).

Vous dites enfin n'avoir pu me faire parvenir votre rapport. Je l'ai eu par le ministère, et il m'est apparu quelque peu surréaliste, presque autant que les expéditives trois lignes de votre collègue Jean Bessière, avec lesquelles celui-ci se targue de pouvoir refuser sérieusement un dossier scientifique basée sur une dizaine d'années de publications et d'expérience (1991-2000). Effectivement, outre son caractère scolaire (était-il utile d'aller jusqu'à me citer?), votre rapport témoigne à la fois d'une grande mauvaise foi et d'une surprenante difficulté de compréhension de votre part. Mauvaise foi en ce que vous citez, là encore sans nécessité, hors de son contexte, un mot malheureux de mon directeur, Robert Smadja, concernant les défauts de ma thèse, passant par contre consciencieusement sous silence la page et demi d'appréciation panégyrique qu'il donne de mon travail, à l'instar d'ailleurs de Jean-Marie Grassin dont vous devez (contrairement à votre collègue Jean Bessière qui le nomme humoristiquement je suppose «Grasson») connaître les qualités d'éminent comparatiste, puisqu'il fut lui-même votre directeur de thèse. Pensez-vous donc sérieusement que MM. Bergougnioux, Claudon, et Smadja, ainsi que votre ancien directeur M. Grassin, m'aient octroyé un doctorat avec la mention Très Honorable, pour une thèse sans valeur scientifique? Est-ce cela que je dois comprendre? Je me ferais dès lors une joie de leur faire part de votre opinion éclairée.

Quant à la surprenante difficulté de compréhension de votre part, je la perçois très nettement lorsque dans votre rapport vous soutenez que je prétends avoir assumé un emploi de professeur d'esthétique, histoire de l'art et sémiologie auprès de 7(!) départements de la UNAN, ce qui est bien sûr faux. Je fus titulaire de ce poste exclusivement auprès du Département de Philosophie de cette Université. Quant aux autres départements et institutions cités, je n'y ai tenu qu'un rôle soit de consultant (notamment pour des programmes de création de centres), soit de conférencier. Je n'arrive pas à comprendre comment vous ne l'avez pas compris, alors que c'était marqué en toutes lettres, aussi bien dans le CV court que dans le CV détaillé. Quitte à vous décevoir, je n'ai malheureusement pas encore le don d'ubiquité. Mais visiblement votre incompréhension, ou mauvaise foi – en vérité, je ne sais trop -, est même allée plus loin, puisque dans votre rapport vous affirmez encore que je vous ai fait parvenir trois CV. Ce qui, de nouveau, est tout à fait faux. Ce que vous semblez avoir pris pour un «CV rédigé» (cela existe-t-il ou l'avez-vous inventé?) n'est autre que le «détail de l'expérience dans l'enseignement, la recherche et les responsabilités collectives», explicitement mentionné par le *Journal Officiel* comme l'un des documents à joindre à notre candidature (si vous avez un doute à ce sujet, je vous invite à le relire). Autre point notable: sur les quatre articles joints à mon dossier, vous ne semblez en avoir lu que deux, comptant arbitrairement ma thèse parmi les travaux joints, alors que vous savez pertinemment, comme moi, qu'il est tacitement conseillé aux postulants à la qualification d'envoyer, outre le résumé de thèse, la thèse elle-même. Sinon je vous assure bien que, d'un point de vue strictement financier, je m'en serais volontiers passé!

Mais vous paraissez aimer à vous moquer des gens – et il arrive un moment où trop, c'est trop -, puisque dans votre lettre du 27 avril, vous soutenez encore qu'il me faudrait, avant de me représenter à la qualification, avoir «participé à des colloques comparatistes et publié plusieurs articles ou ouvrages de recherche dans un cadre universitaire». Si vous aviez correctement lu et compris le CV détaillé – d'où l'intérêt de vous l'envoyer (!?!?!)-, vous auriez vu que plusieurs de mes travaux ont été publiés par la UNAN, et que j'ai participé au Nicaragua à plusieurs colloques comparatistes, tant nationaux qu'internationaux, qu'il s'agisse des Jornadas Darianas (réservées, comme leur nom l'indique, à l'étude de l'œuvre de Rubén Darío, dont je œuus invite à chercher le nom dans le dictionnaire ou dans l'*Encyclopaedia Universalis* pour éclairer votre lanterne de maître de conférences), ou qu'il s'agisse du Congrès International sur la Littérature Centraméricaine, auquel ont participé des universitaires du monde entier: français, états-uniens, canadiens, québécois, et, bien sûr, latino-américains. A présent, que vous ayez une conception étriquée du comparatisme, ethnocentrique et franco-française, selon laquelle rien ne vaut si ce n'est pas fait de le cercle limité de l'Université française, j'ai le regret de vous informer que votre condescendance vis-à-vis de mon expérience, acquise essentiellement il est vrai en tant qu'enseignant et chercheur parmi les intellectuels nicaraguayens et costariciens, serait risible si elle n'était la marque tragique de votre ignorance. Revoyez donc un peu vos classiques, et consultez le classique *Discurso desde la marginación y la barbarie* de Zea, si toutefois vous êtes en mesure de le comprendre.

Je vous prierais donc, Madame, de ne pas vous moquer du monde, et si vous avez eu la chance d'être «pistonnée», de ne pas pour autant présumer de la bêtise des autres, en prenant pour mesure votre propre incompétence.

Je ne vous salue pas.

OBJET: RECLAMATION POUR CAUSE DE NON QUALIFICATION A L'EMPLOI DE MAITRE DE CONFERENCES AU TITRE DE L'ANNEE 2000

Monsieur le Ministre,

Je n'ai que peu d'espoir que ma lettre vous parvienne, ou du moins qu'elle ait un effet quelconque. Cependant, ma situation est tragique, désespérée et surtout injuste. C'est pourquoi je me permets de faire appel à vous, qui êtes véritablement mon dernier recours.

En résumé, j'aurais 32 ans le 15 août de cette année. Je suis Docteur en Littérature Comparée de l'Université d'Orléans depuis janvier 1996, date de la soutenance de ma thèse, et suis l'auteur de plus de 140 articles et de 10 ouvrages publiés aussi bien en France qu'en Belgique, au Pérou, au Salvador, et au Nicaragua. Pays ce dernier où, entre 1996 et 1999, j'ai enseigné l'Histoire de l'Art, l'Esthétique et la Sémiologie au Département de Philosophie de l'Université National Autonome du Nicaragua (U.N.A.N.- Managua). J'ai également donné de nombreuses conférences tant auprès des Universités nicaraguayennes qu'à l'Université Nationale du Costa Rica, et auprès des Universités françaises d'Orléans, Limoges et Besançon. Vous trouverez ci-joint deux versions (pour plus de commodité) bio-bibliographiques de mon C.V., l'une abrégée, l'autre détaillée.

Malgré tout cela, je n'ai pas obtenu cette année la qualification qui m'aurait permis de pouvoir me présenter à un poste de Maître de Conférences.

Je tiens à vous préciser que je suis Historien de l'Art de formation initiale, et spécialiste des périodes du Bas Moyen-Age, Moderne et Contemporaine. En conséquence mon orientation tant comme chercheur qu'enseignant est l'interdisciplinarité.

Ceci explique en partie pourquoi cette année j'ai décidé de présenter ma candidature à la qualification dans les sections 9 (Littérature Française), 10 (Littérature Comparée), 14 (Espagnol), 17 (Philosophie), 18 (Arts), 21

(Histoire de l'Art Médiéval), 22 (Histoire de l'Art Moderne et Contemporain) et 71 (Communication) du C.N.U.

J'espérais en effet avoir plus de chances d'être qualifié, soit dans l'une des deux sections où j'ai obtenu mon Doctorat (9 et 10), soit dans l'une des trois sections d'Histoire de l'Art (18, 21 et 22), ce qui est logique. J'avais choisi la section 17 parce que je suis spécialiste des questions épistémologiques d'analyse des productions symboliques (voir mon C.V.), et pensais donc avoir une possibilité d'être pris en Esthétique. Le choix de la section 71, qui m'avait été conseillée par M. le Professeur Bruno Péquiniot, anciennement Professeur de Sociologie à l'Université de Besançon, et actuellement au C.N.R.S., me paraissait judicieux, pour le caractère interdisciplinaire de cette section, ainsi que pour l'intérêt tout particulier qu'elle porte aux productions symboliques contemporaines, telles que le cinéma notamment, dont je suis également spécialiste (je ne peux, encore une fois, que renvoyer à mon C.V.). Enfin, ce qui a présidé au choix de la section 14, c'était l'espérance d'être éventuellement pris sur un poste de Civilisation Latino-américaine, étant parfaitement bilingue, la plupart de mes publications et la majeure partie de mon expérience professionnelle étant le produit de mes années au Nicaragua (entre 1996 et 1999 donc), et ayant en outre été remplaçant sur un poste d'Assistant d'Espagnol dans un Lycée de Vendée entre janvier et avril 2000. Il va de soi néanmoins, que les sections 14, 17 et 71 n'étaient, en quelque sorte, que des pis-allers, et que j'espérais être pris sur l'une des cinq autres sections, la multiplicité de mes choix pour ces cinq sections étant le fait non d'une indécision de ma part, mais de la division arbitraire faite par le C.N.U. de la Littérature et de l'Histoire de l'Art, respectivement en deux et trois sections.

Cependant, si cette année j'avais décidé de «ratisser large», il y avait une série de raisons beaucoup moins conjoncturelles. Tout d'abord, les années précédentes, je ne m'étais présenté, en 1998 qu'auprès de la section 10 (Littérature Comparée) du C.N.U., et en 1998 et 1999 auprès de la section 35 (Etudes Philosophiques – Art et Esthétique – Théorie de la Littérature) du CNRS. Or, bien que ces sections soient précisément celles dans lesquelles j'aurais normalement dû être qualifié, je ne l'ai malgré tout pas été, bien qu'en 1998 déjà j'avais à mon actif plus de deux ans d'enseignement en Université (à la U.N.A.N.), et une soixantaine de publications scientifiques.

En 1998, je n'étais revenu qu'une quinzaine de jours en mai, afin de me présenter à l'entretien du C.N.R.S. En 1999, riche, comme je l'ai dit, d'un grand nombre de publications, ainsi que de quatre ans d'expérience professionnelle dans la recherche et l'enseignement (si l'on excepte les années entre 1992 et 1996 où mon labeur scientifique, gratifié par plusieurs publications en France, n'était encore que parallèle à mon statut d'étudiant), je suis revenu, toujours pour passer l'entretien, qui, rappelons-le n'est en principe pas sur des postes spécifiques, du C.N.R.S., dans la section 35. Or quelle ne fut pas ma surprise de me retrouver face à un jury exclusivement composé d'Historiens des Sciences, c'est-à-dire de Mathématiciens et de Biologistes, spécialistes des sciences dites dures, et incapables donc de juger de l'intérêt de mes recherches dans le champ des sciences humaines. D'ailleurs, sans doute est-ce pour cela qu'alors que je tentais de leur exposer ma problématique scientifique, l'un des membres du jury somnolait consciencieusement sans même prendre la peine de se dissimuler, ne fut-ce que par simple courtoisie. En outre, les autres personnes auditionnées en même temps que moi, une petite dizaine, étaient également tous des scientifiques venus des sciences dures.

Je n'ai donc pas été le moins du monde surpris lorsque j'ai appris que je n'avais pas été retenu comme Chercheur de Seconde Classe.

Mais lorsque j'ai téléphoné au siège parisien du C.N.R.S. pour demander comment faire appel de cette décision, on me répondit que, bien que je puisse toujours envoyé une lettre si le cœur m'en disait, de toute façon le jury était souverain.

Ne sachant trop quoi faire, mais espérant me rapprocher du milieu français où je m'apercevais que je n'étais pas du tout intégré, j'ai alors décidé de rester pour prendre des contacts, pour préparer une nouvelle candidature au poste de Chercheur de Seconde Classe en 2000, et, en même temps pour me représenter au concours de qualification de Maître de Conférences, les changements de date de dernière minute des inscriptions m'ayant empêcher en 1999 de m'y représenter comme je l'aurais souhaité.

En septembre-octobre 1999, j'ai fait un important travail de recherches pour la Conservation des Musées de Vendée, en vue d'une exposition qui doit se tenir en mai-juin 2000 dans la région, à l'occasion des célébrations de cette année. J'ai alors appris que venait de se créer le Centre National d'Histoire de l'Art, et qu'il proposait des missions à de jeunes chercheurs comme moi. Malheureusement, mes démarches auprès de cet organisme ont été vaines, et les responsables ont même été jusqu'à me déconseiller de me présenter à la qualification en Histoire de l'Art, malgré mes nombreux travaux en la matière, et le fait que ce soit ma formation originale.

Parallèlement, n'ayant pas le CAPES (auquel j'ai été admissible en 1995), les professeurs que j'essayais de contacter en Littérature Comparée, me déconseillaient eux aussi de me présenter dans cette discipline.

Les Directeurs des centres du C.N.R.S. que je contactais, quant à eux, me disaient qu'il ne valait même pas la peine de me présenter au concours – il y avait trop peu de postes, et ils avaient déjà leurs *«candidats internes»* -. De fait, découragé, je ne me suis pas présenté.

D'autre part, comme je l'ai dit, du côté de l'Université, j'étais renvoyé par les Historiens de l'Art vers la Littérature, et par les Littéraires vers l'Histoire de l'Art. C'est ce qui, finalement, m'a décidé à me présenter à 8 sections du C.N.U., dans l'espoir que, dans l'une d'elles au moins, mon expérience et mes travaux seraient regardés à leur juste valeur, d'autant que, là aussi, je crois bon de le préciser, la qualification n'est que la reconnaissance d'un niveau scientifique, et, valable 4 ans seulement, n'implique absolument pas, comme vous le savez sans doute, qu'on obtienne effectivement un poste de Maître de Conférences.

Là encore, quelle ne fut pas ma surprise, ma déception et, pire, mon incompréhension, lorsque je regardai les résultats sur Internet le mardi 4 avril 2000, soit 3 jours avant les résultats officiels selon les papiers d'inscription que j'avais reçu.

La raison de cet empressement est la suivante: très curieusement, les postes de Maîtres de Conférence paraissent avant que nous n'ayons les résultats de la qualification. En outre, il fallait renvoyer les dossiers au plus tard le 14 avril auprès des Universités, sachant que celles-ci demandent expressément la copie de la qualification pour prendre en compte *réellement* notre candidature. Je ne pouvais donc pas attendre jusqu'au vendredi 7 avril avant d'avoir les résultats, ce qui m'aurait obligé soit à préparer des dossiers en une semaine, ce qui est impossible, soit à continuer de prendre contact avec les Universités (ce que j'avais commencé à faire la semaine antérieure) sans savoir si j'étais qualifié ou non, ce qui n'aurait eu aucun sens.

En effet, autre point curieux de la candidature en France: non seulement le processus de qualification est spécifique, même au sein de l'Union Européenne, à notre pays, mais encore, bien que le J.O. précise qu'il ne faut envoyer que le résumé de la thèse, les rapporteurs désignés demandent systématiquement la thèse elle-même, tant pour la qualification que pour la candidature à un poste de Maître de Conférences. L'envoi de la thèse est, bien sûr, à nos frais, mais on ne la récupère que très rarement, car personne, ni les rapporteurs, ni le C.N.U., ne veulent assumer les frais de renvoi de colis aussi lourds aux candidats refusés. C'est donc pour une question doublement de coût et de temps (photocopier thèse et articles) que j'ai regardé le mardi 4 avril sur Internet le résultat des qualifications, et ai, par conséquent, découvert, que je n'avais été reçu dans aucune des 8 sections.

Pensant là encore, au vu de mon expérience et de mes publications, qu'il s'agissait d'une injustice, j'ai téléphoné à la DPE 4 du Ministère de l'Education Supérieure, bureau qui s'occupe des candidatures, puisque j'avais cru comprendre à la lecture du J.O. qu'au bout de deux non qualifications dans une même matière, on pouvait faire appel de la décision, et alors passer devant un comité de nos pairs, afin de faire valoir nos droits. Or je pensais faire appel dans ma section, c'est-à-dire la 10ème, dans laquelle j'avais été refusé en 1998 et en 2000.

Malheureusement, là encore, comme le C.N.R.S. quelques mois plus tôt, le bureau du Ministère de l'Education Supérieure me fit savoir que, non seulement, pour faire appel il fallait que les deux décisions de non qualification aient été émises sur deux années consécutives, ce qui n'était pas le cas, mais en outre, pour pouvoir faire appel, il encore fallait-il attendre la parution d'un arrêté dont la DPE 4 était dans l'incapacité de me donner avec certitude la date de sortie au B.O. (la seule chose sûre étant que, de toute façon, cela reporterait, au moins, ma qualification, à l'année suivante, soit au moment de la session de 2001). Et même dans le cas où je déciderais de faire appel, je ne pourrais jamais me défendre de vive voix devant mes pairs, puisque je devrais alors simplement reconstituer, de nouveau, mon dossier de candidature à la qualification, qui serait cette fois soumis en huis-clos à une commission de groupe, donc, si j'ai bien compris, ministérielle et administrative, et non universitaire et pédagogique. La seule autre alternative que me proposait la personne de la DPE 4 que j'ai eue au téléphone était de faire appel auprès des tribunaux…

Dans les presque trois semaines qui se sont écoulées depuis le 4 avril, j'ai donc téléphoné aux professeurs qui avaient fait partie de mon jury de thèse, ainsi qu'aux rapporteurs des 8 sections dans lesquelles j'ai été refusé, pour essayer de comprendre la raison de cette non qualification que je ressens, je le répète, comme une pure injustice, au regard de mon C.V.

Mais, comme il fallait s'y attendre, je n'ai eu que des réponses dilatoires. En Littérature, on m'a fait noté que je n'étais ni capétien ni agrégé. Les rapporteurs de plusieurs sections m'ont aussi reproché de me présenter à des sections différentes de celle dans laquelle je m'étais présenté mon Doctorat, critique qui m'a fortement surpris de la part de Mme Deborah-Ann Lévy-Bertherat, qui était l'un de mes rapporteurs dans la section 10, de Littérature Comparée donc (!).

De même, a été évoqué par Mme Lévy-Bertherat le niveau scientifique de mes travaux, qui, selon elle, ne correspondait pas à ce qu'elle en aurait attendu. Lorsque je lui demandais des précisions, elle m'a simplement répondu qu'aucun de mes travaux n'avait été publié dans une revue spécialisée française qu'elle connaisse. J'ai eu beau faire valoir: premièrement que la plupart des jeunes chercheurs de ma connaissance, y compris ceux qui étaient avec moi en mai 2000 pour passer l'entretien du C.N.R.S., n'arrivent qu'à publier dans des revues associatives; deuxièmement, que m'étant expatrié plusieurs années, il était normal que mes publications aient été faites dans le pays où je résidais alors, et que je considérais plutôt cela comme une marque de réussite; troisièmement, enfin, qu'il me semblait curieux de juger un texte scientifique non sur son contenu mais en fonction du support dans lequel il avait été publié; rien n'y a fait. D'ailleurs, je ne m'attendais pas vraiment à une autre attitude.

Une chose m'a cependant surpris et inquiété. Lorsque je tentais de rappeler à Mme Lévy-Bertherat, les difficultés rencontrées par un jeune chercheur en France pour se faire publier ou participer à des colloques, elle me révéla qu'elle était de ma classe d'âge - étant née me dit-elle en 1963 (j'en ai déduit qu'elle avait 36 ans) -, et qu'elle était Maître de Conférence depuis 1989 (soit à peu près depuis l'âge de 25 ans). Or ceci a ramené à mon souvenir un élément qui avait attiré mon attention lorsque je suis rentré en France l'année dernière.

Avant d'y revenir, je tiens à préciser de nouveau quelle est ma motivation dans cette lettre.

Même si cela peut paraître stupide de la part d'un homme de 32 ans, je dois avouer que je me sens totalement perdu. Je me retrouve, en effet, Docteur, avec une expérience avérée dans l'enseignement et la recherche, tant en France qu'à l'étranger, et je suis au RMI. Il va sans dire que les assistants sociaux n'ont aucune envie de m'aider, mon profil ne correspondant pas à l'habituel défavorisé. Je serais plutôt pour eux, bien malgré moi malheureusement, comme vous vous en doutez, ce qu'on nomme un déclassé.

Je voudrais donc comprendre comment, malgré un C.V. aussi imposant que le mien, - sans être en rien pédant ou suffisant -, je n'ai pu être simplement qualifié, alors qu'encore une fois, la qualification n'implique pas qu'on ait obligatoirement un poste de Maître de Conférence – même si, bien sûr, c'est le but -, alors qu'une jeune femme de 25 ans à peine, donc sans expérience sérieuse humainement possible, arrive à accéder, apparemment sans difficulté, à ce poste. D'autant que, par curiosité, j'ai regardé sur le Fichier National des Thèses l'année de la soutenance de thèse de Mme Lévy-Bertherat. Or si elle a bien été nommée Maître de Conférence en 1989, cela veut dire qu'elle l'a été l'année même de sa soutenance. Mais, après tout, il se peut fort bien, en effet, que Mme Lévy-Bertherat ait eu, comme moi au Nicaragua par exemple, où j'ai beaucoup publié, un peu de chance et une grande capacité de travail. J'ai pu noter, que, malgré son jeune âge, elle est l'auteur d'au moins 6 livres publiés.

Là où je ne comprends plus rien de rien, c'est qu'étant membre de la Société de Littérature Générale et Comparée (SFLGC), Association française des spécialistes de l'analyse des oeuvres littéraires, j'ai retrouvé, en revenant en France, un numéro du bulletin de l'Association datant du printemps 1997, et à la fin duquel est présenté un résumé de la thèse de Doctorat de Mme Chantal Tétreau-Foucher. Or il est dit que Mme Tétreau-Foucher était, dès le printemps 1997 donc, Maître de Conférence à l'Université de Paris X, ce qu'encore une fois je saisis mal, puisque sa thèse n'a été présentée devant un jury que le 9 janvier 1997 à la Sorbonne, et qu'il faut impérativement avoir soutenu pour pouvoir se présenter à la qualification.

Pour être tout à fait honnête, je me fiche pas mal de savoir pourquoi ou comment Mmes Lévy-Bertherat et Tétreau-Foucher ont obtenu leurs postes de Maîtres de Conférences. Je n'ai pris ces exemples que pour mettre en évidence la dichotomie entre ma position et la leur, et partant, rendre plus sensible, je l'espère, l'injustice de ma situation.

De fait, bien que n'étant pas capétien ni agrégé, mon expérience dans le domaine de l'enseignement et de la recherche est suffisamment notable pour que ma non qualification dans les deux sections de Littérature et les trois sections d'Histoire de l'Art du C.N.U. soit considérée comme une injustice flagrante.

Peut-être ne devrais-je pas le dire, mais je trouve anormal, et, pour le moins, incompréhensible, que certains postulants aux emplois de Maître de Conférences soient recrutés selon toute apparence avant leur soutenance, ou tellement peu de temps après celle-ci qu'on ne peut que s'interroger sur la rapidité de la décision qui a présidé à leur nomination, alors que moi-même, encore une fois, malgré une riche expérience, je me trouve aujourd'hui dans une situation inextricable, bien que ce fut pour éviter de la souffrir que je n'ai pas postulé au C.N.R.S., ni auprès du C.N.U., entre 1996 et 1998, justement parce que, n'étant présenté par personne, et, là encore, selon l'avis de divers professeurs et Directeurs du C.N.R.S. que j'avais contactés à l'époque, je n'avais soit disant pas encore assez d'expérience, ni de publications, ce qui m'a obligé à m'expatrier, avec la bénédiction de mon Directeur de thèse et de ces mêmes professeurs d'Université et Directeurs du C.N.R.S., afin d'acquérir l'expérience qu'ils exigeaient de moi, sans être prêts toutefois à me donner la possibilité de l'obtenir en France, puisque jamais durant mes études je n'ai réussi, malgré mes nombreuses demandes, à être nommé sur un poste d'A.T.E.R. ou de Chargé de Cours, ni, plus simplement, à publier le moindre article dans une revue spécialisée (jusqu'à présent, je n'ai pu publier en France que dans des revues associatives, à tirage par conséquent limité, exception faite d'un article dans *Notre Histoire*, et d'un autre dans *La Revue de la Bibliothèque Nationale de France*).

Ce n'est qu'une fois que je fus au Nicaragua que, sporadiquement, lorsque je l'appelais pour maintenir le contact, curieusement, mon Directeur de thèse a commencé à me parler de la nécessité de passer le C.A.P.E.S., alors que je n'étais visiblement plus en mesure de m'y présenter. J'en profite pour préciser qu'une autre raison pour moi de me présenter aux sections 18, 21 et 22 du C.N.U. cette année était justement que le C.A.P.E.S. n'est pas nécessaire pour être qualifié ou obtenir un poste en Histoire de l'Art. J'en veux pour preuve les Maîtres de Conférences responsables du Centre National d'Histoire de l'Art qui, lors de l'entretien qu'ils m'accordèrent, me confirmèrent qu'aucun de ceux qui me reçurent n'était capétien ni agrégé. Quoiqu'il en soit, le C.A.P.E.S. n'étant jamais stipulé comme une condition *sine qua non* pour être qualifié dans les documents officiels, il est parfaitement incohérent qu'on nous laisse nous orienter vers un Doctorat, dont la réalisation est pesante, longue et difficile, s'il n'est pas en lui-même suffisant pour obtenir la qualification. Soit il devrait être obligatoire d'être titulaire du C.A.P.E.S. ou de l'Agrégation avant de pouvoir entrer accéder à une formation de troisième cycle, soit ces concours, au même titre que le principe de qualification, n'existant, dans toute l'Union Européenne, qu'en France, le fait de n'être ni capétien ni agrégé ne devrait nullement entrer en ligne de compte pour juger de la recevabilité d'un candidat à la qualification.

De fait, je n'arrive pas à comprendre qu'on nous fasse soutenir des travaux de troisième cycle, si, malgré le fait qu'on nous répète dès la maîtrise que la thèse est la voie royale vers l'Université et la recherche (n'a-t-on pas créé les D.E.S.S. justement pour proposer un choix aux étudiants de troisième cycle entre filière professionnalisante et filière orientée vers l'investigation?), obtenir un Doctorat ne semble mener qu'au chômage et au R.M.I. J'ai personnellement fait un choix, que je pensais approuvé par le système éducatif, puisque celui-ci, pendant quatre ans, m'a fait payé, année après année, mon inscription en thèse. Mais à présent, ce choix, que je croyais être celui du plein emploi, n'a aboutit qu'à deux choses: d'abord, j'ai perdu toute ma jeunesse à me professionnaliser dans ce qui, je m'en rend compte, mais trop tard, est une superbe voie de garage, et aujourd'hui, à bientôt 32 ans, trop vieux déjà et trop spécialisé, je n'intéresse déjà plus le marché du travail; ensuite, étant Docteur, et ayant 150 publications à caractère international à mon actif (inclus les ouvrages tels qu'essais et catalogues d'exposition), le C.N.U. vient de me fermer toutes les portes d'accès à l'Université.

Alors je le demande, est-il normal qu'une thèse, une fois soutenue, soit sans cesse jugée et rejugée? Tout d'abord, pendant les trois ans de sa préparation, durant lesquels l'on tente de satisfaire les *desiderata*, parfois contradictoires, de notre Directeur, puis à l'ultime moment de la soutenance, par les rapporteurs, puis par les membres de jury, qui ont bien souvent des idées totalement opposées à celles que nous a imposées notre Directeur. Enfin, une fois soutenu le Doctorat, il faut encore le renvoyer à de nouveaux rapporteurs, pour la qualification, puis à d'autres encore, lorsqu'on arrive, en bout de course et à bout de souffle, à se présenter – en réalité par miracle - sur des postes spécifiques.

Mais je n'aurais pas l'occasion de me présenter sur un poste spécifique, puisque j'ai été réfusé à 8 qualifications, l'expérience acquise n'étant pas valorisée, mais jaugée, pesée et critiquée, sans jamais être reconnue pour ce qu'elle est, simplement: un parcours, avec ses bosses et ses incohérences, ses déchirements et ses ruptures.

Je n'arrive pas à comprendre comment il est possible que dans mon propre pays, je me retrouve acculé et sans ressources, malgré un acquis de plusieurs années à l'étranger et mon expérience, méritant je crois au regard de ma jeunesse, sans compter le fait que je suis un théoricien de l'Art et un artiste reconnu au Nicaragua.

Je déplore ma misérable situation à un point que je ne saurais dire, et j'aurais voulu ne pas vous écrire cette lettre, dont je crains, malheureusement, qu'elle reste sans écho. C'est cette indécision qui, causée par l'angoisse d'être ridicule et la peur de devenir objet du discours, alors que j'en ai toujours été jusqu'à présent le sujet, explique que je vous écrive si tard. Mais la conscience chaque jour accrue de mon insolvable détresse, et le fait que dans un mois à peine se ferment les postes ouverts cette année au titre de Maître de Conférences, alors même que déjà je n'ai, évidement, envoyé aucun dossier le 14 avril, m'ont finalement imposé, plus que je ne l'ai décidé, de prendre la plume pour vous écrire.

C'est un cri de détresse que je vous lance, face à l'injuste décision qui brise ma vie aujourd'hui, et dont je crois qu'il est en votre pouvoir d'y remédier.

J'espère du fond du cœur que vous accepterez de répondre le plus favorablement et promptement possible, face à l'urgence - due aux délais académiques - de ma demande de révision de non qualification, et à mes kafkaïennes difficultés pour trouver un emploi dans les milieux oligarchiques de l'*intelligentsia* française du C.N.R.S. et de l'Université, car je veux encore croire en la justice de mon pays, et vous prie de bien vouloir agréer, Monsieur le Ministre, l'expression de mes sentiments les plus dévoués,

Très chers Anne et Frank,

Tout d'abord, je passe sur les vicissitudes de la semaine qui vient de s'écouler péniblement pour moi, mais tiens à vous remercier de tout cœur de votre sympathique coup de fil de dimanche dernier. J'espère que l'affolement bien compréhensible de ma mère vu la situation et les hauts et bas de mon moral n'affecteront en rien l'amitié que nous partageons. Tout d'abord parce que je sais combien il est malaisé pour des amis de se voir projeter malgré eux au sein de problèmes qui ne les concerne pas; ensuite parce que je peux dire que, n'étant guère d'un naturel expansif, il m'est réconfortant d'avoir rencontrer au hasard de mon inachevé doctorat d'histoire de l'art un couple d'ami en France. En effet, tous les autres sont au Nicaragua, comme vous le savez.

Comme promis, je vous envoie par le même courrier un RIP, les 3 exemplaires que vous me demandez (attention cependant, comme je vous avais donné les billets de trains, je n'ai pu indiquer le prix exact, ne m'en souvenant pas, idem pour l'hôtel, quant au gade, je vous laisse juge de ce qu'il faut mettre…), de remplir, ainsi que le fameux poème sur le pont, dont j'espère qu'Anne pourra faire quelque chose, et deux versions du texte sur le travail d'Anne: l'une avec images, l'autre sans, de façon à ce que vous puissiez choisir laquelle vous voulez reproduire lorsque vous la faites passer aux galeristes, amis ou autres. La version avec image est, évidemment plus recommandable, mais le coût de la reproduction est un peu plus cher. Bien que je pense que l'on puisse trouver facilement près des Universités de Strasbourg ou Besançon des boutiques de photocopies qui font les photocopies couleur à un prix très abordable. Ici, il y en a qui en font à 5 Frs l'unité.

J'espère enfin que l'œuvre que je vous ai laissée a plu à Anne. De toute façon, quoique vous en fassiez, ce sera son destin. Comme promis, voici rapidement l'interprétation que vous m'en aviez demandé. Bien qu'en général, quand un artiste explique son œuvre, soit c'est par pédanterie, soit parce qu'elle est très mauvaise. Mais j'avoue que je suis plutôt content du «Non A». Comme cela est évident, les rideaux de papier rouge nous renvoient à une mise en scène, et pour mieux dire à une allégorie. Le principe de la boîte, emprunté à Anne, ne sert pas ici, comme chez elle, à raconter une histoire, mais proprement à accumuler des éléments. C'est une boîte-poubelle. D'où le premier sens du terme «Non-A»: c'est-à-dire le non-art. C'est l'expression poubelle de la Vie, comme Claude Nougaro a pu chanter les villes bidons à propos des nouveaux bidons-villes. Le personnage est pour cela fait de matériaux certains périssables, contre l'avis d'ailleurs d'Anne, mais, comme vous le savez, j'aime utiliser les substances périssables, comme je l'ai notamment fait dans *Régionalisme militaire*, œuvre conservée à la Banque Centrale du Nicaragua, et que vous avez vue en reproduction. Leur usage renvoie en effet, notamment dans le *Non-A*, au thème, typique des *Vanités*, par ailleurs récurrentes dans mon œuvre, de la futilité des occupations terrestres. Dans ce sens, le personnage du *Non-A* n'est autre que le dieu égyptien Bès, dont on a également des reproductions assyriennes, mais dont on ne sait presque rien, sauf que c'est probablement un esprit de la Nature, toujours représenté en position accroupie. Pour cela, et à tort ou à raison, peu importe ici, je l'assimile au « dieu du pet» sur lequel je vous ai dit avoir travaillé. Bien que l'ithyphallisme de mon personnage ne soit pas incompatible avec son iconographie traditionnelle, elle n'est qu'apparence, puisque son pénis est transpercé d'un long clou dont le bout est rattaché à un fil de fer qui lui vrille la jambe droite. Ces bois de cerfs, en cire, et l'arbre qui lui pousse de la même jambe évoquent ce caractère double, matriciel, en référence à Jung, de la même façon que son ithyphallisme associé à sa position de défécation (Jung cite un patient qui s'était représenté en roi du monde, déféquant sur le trône, et le pénis en érection). Ce Bès moderne apparaît dès lors comme ambigu, non seulement anachronique, mais faussement puissant. Cette puissance bridée, c'est aussi et avant tout la potentialité créatrice dont parlait si bien Verlaine, et qu'en France, mon propre pays, l'on me joug et l'on me nie. C'est cette impuissance d'action qui fait de mon personnage un «non-A»: un Etre Non Avenu, Non Premier (non-Alpha). En cela, il son Destin s'oppose à celui positif des *Maîtres du A* de Van Goght. Sa vie n'est pas un jeu, mais une allégorie que l'artiste déclassé, si je puis dire. Ainsi, les lèvres pulpeuses de starlettes qui décorent le fond de la boîte ne sont que des affiches, et la pièce de vingt centime, dont l'empreinte souille la partie droite de la boîte, évoquent ce à quoi il ne peut prétendre: le sexe et l'argent. Les images par excellence de la modernité que Souchon symbolisait en son temps par Claudia Schiffer et Paul-Loup Sullitzer. Enfin, si donc ce personnage renvoie pour moi à un sans nombre de figures, tel notamment le Güegüence nicaraguayen, premier personnage du métissage, floué sans vergogne par le Gouverneur de la Province, ou son modèle classique, le Rabinal Achí, chef indigène voué au sacrifice, sa double face, apparemment puissante, mais en réalité faible, renvoie à l'état où, malgré moi, comme vous vous en doutez, je dois paraître, pour justement, comme je vous le disais au début de cette lettre, ne pas briser les règles hypocrites du système. C'est ainsi que j'ai ajouté finalement la référence à cette femme des Halles, à laquelle Breton à la fin du poème s'identifie implicitement, puisqu'à la fois cela renvoyait à l'image de l'errance du poète, ce qui jusqu'à aujourd'hui a été mon lot, le fameux bateau ivre, puis encore une fois à son statut androgyne, donc mal adapté à la norme sociale.

Voilà, j'ai beaucoup parlé. Je vous souhaite bonne réception de l'ensemble, et espère avoir bientôt de vos nouvelles. Au fait, je ne sais toujours pas si mon intervention été retenue pour fin juin au Colloque. M. Manatie, je crois, du GRELIS de l'Université de Besançon, qui s'en occupe, m'a appelé, et depuis plus rien. Pourriez-vous essayé de me tenir au courant de votre côté? Merci.

Bien amicalement à vous deux,

Très chère María Leonor,

Tu vois, une fois de plus, je t'écris, pour t'embêter un peu plus avec mes problèmes. Le fait est que je n'ai personne d'autre à qui écrire. Bon, présenté de cette manière ça ne paraît pas très valorisant pour toi, mais en fait, comme je te l'ai répété mille fois je crois, ça viens de ce que tu es ma seule amie. Evidemment, je suppose que c'est un peu ma faute, je ne suis pas très liant, et même je suis plutôt timide. De toutes façons, les contacts que j'ai ici, comme ceux que je pouvais avoir au Nicaragua, ne sont que superficiels. Comme tu t'en doute, lorsque l'on a des problèmes, les gens ont plutôt tendance à se détourner de toi. Oh, bien sûr, ils compatissent, mais ils ne veulent pas te venir en aide, ou tout le moins partager une bière avec toi. Tiens, ça m'est arrivé pas plus tard qu'aujourd'hui, j'avais rencontré un jeune policier municipale, qui était venu un soir parce que, selon les voisins, je faisais trop de bruit (je me disputais avec ma mère au téléphone…). J'ai été surpris d'apprendre qu'il avait fait une école d'arts, et qu'en désespoir de cause, sans rien trouvé non plus, il était rentré dans la police. Le lendemain, il est revenu pour me passer une liste d'adresse qu'il avait de maisons d'éditions. Bien sûr, je les connaissais déjà, mais les contacts sont si précieux dans ma situation et sa démarche était si gentille que je n'ai pas voulu le découragé, alors je ne lui est rien dit. Il y a un mois de cela déjà. Il partait en vacances le lendemain du jour où il est venu me déposé la liste. Aujourd'hui, je sortais pour aller au cinéma, et je le rencontre par hasard. Il faisait le planton pour une manifestation qui allait avoir lieu. On a parlé. Une bonne heure, après il est parti déjeuner, je lui ai proposé de nous revoir, mais pas de réponse. Il n'a pas dit non, mais j'ai lu dans ses yeux qu'il n'en avait pas envie.

Plutôt que de jouer les bons samaritains quand je ne lui demandais rien à vrai dire, tu vois, j'aurais préféré qu'il accepte mon invitation.

Tout ça pour dire combien j'apprécie le temps que tu as passé ces quatre dernières années à m'écouter me plaindre. Dans un sens, c'est sûr, ça n'a pas changé ma situation, mais en tous cas ça m'a permis de me sentir moins seul. Evidemment, de nombreuses fois tu m'as reproché de me fourrer dans des histoires pas possibles, avec Elisa notamment, et tu avais raison. Et certainement j'aurais moins souffert si j'avais rompu. Mais tu vois, ce qui ce passe c'est que c'est difficile. Elle, dans la relation elle ne jouais rien. Moi, déjà, quand je suis venu au Nicaragua, je jouais ma vie. Ca paraît exagéré, mais non. Bien sûr, j'aurais aimé revenir au Nicaragua, après 1993, et je pensais souvent à vous tous, à l'époque c'était à toi, Ana Paula, Nicolette, et Pablito. Vous aviez tous été tellement sympas, c'était la première fois dans ma vie où un groupe m'avait vraiment intégré. A l'époque j'aurais tout donné pour ce petit groupe là. Malheureusement, quand je suis revenu, Ana Paula m'a beaucoup déçue.

En plus, tu sais, on a quelquefois parlé d'un possible voyage que tu ferais en France. J'ai même été jusqu'à te demander si tu n'aimerais pas vivre ici. Tu m'as toujours dit que ta vie était au Nicaragua. Tu y as ta famille, ton travail. Moi, c'était un peu pareil, quand je suis venu en 1996 au Nicaragua. J'avais abandonné ma famille, m'expatriant pour essayer de ne pas continuer à regarder ma vie filer entre mes mains sans rien pouvoir faire pour m'en sortir. Alors c'est sûr, quand Elisa m'est tombée du ciel, avec son cours d'histoire de l'art, et puis sa jolie petite frimousse, et sa gentillesse, je suis vite tombé amoureux. Malheureusement, j'ai aussi vite déchanté. Mais que faire ? D'un côté, en France, rien ne m'espérait que les ennuis financiers et le chômage, malgré tous mes diplômes, de l'autre, au Nicaragua, je connaissais des gens, Porfirio m'ouvrait des voies, malheureusement seulement dans la publication, pas dans le travail. Alors entre le pire et le moins bien, j'ai cru qu'il fallait choisir le moins bien.

Alors, plutôt que de rentrer en France pour me retrouver comme je suis aujourd'hui, désespéré et simplement paumé, j'ai préféré souffrir tous les coups de gueule d'Elisa, qui en a bien profité. J'ai même été jusqu'à accepté de faire le travail pour elle, comme tu le sais.

Et toi dans tout ça tu m'as aidé de façon incomparable, car vraiment si tu n'avais pas été là, c'est bête à dire, mais je ne sais pas ce que j'aurais fait. C'est pour ça que j'insistais souvent pour venir le week-end chez toi, je me sentais tellement seul, et trop fragile sans doute, la solitude est quelque chose d'insupportable pour moi. Dans les cassettes que j'avais envoyé au Département de Français après mon retour en France ne 1993, il doit y avoir un enregistrement d'un album d'un chanteur qui s'appelle Alain

Bashung. Dedans il y a une chanson: « J'envisage ». Il dit quelque chose comme ça à la fin: « J'envisage de me revoir seul à seul j'envisage un remake rien que sur moi j'envisage le pire ».

Je sais que ça surprend tout le monde quand je le dis (ou le disais), et je crois qu'on en a déjà souvent parlé. Mais tu sais, la vie ne m'apporte rien, comme dit une chanson française récente « La vie ne m'apprend rien ». C'est vrai, je n'y suis pas attaché à l'inverse de la plupart des gens, et n'étant pas croyant, pour moi le suicide n'est pas un péché. J'ai compris récemment qu'à travers mes études j'ai fui la réalité de ma vie, de tous les jours à répéter les mêmes gestes, des longues heures à ne pas savoir quoi faire, et qui me tuaient au Nicaragua, comme ici d'ailleurs. Faute de pouvoir me construire un monde plus beau, à travers mes études j'ai essayé, comme lorsque, tout seul, j'en arrive à me parler pour, comme dirait Brel, calmer mon cœur qui s'emballe, j'ai essayé comprendre le monde pour m'y habituer. Mais je n'y suis pas arrivé. Enfin si, quand je suis pris justement dans mes trucs: enseigner, écrire.

Par malchance ici rien de tout cela n'est possible. Mes parents dépérissent à vue d'œil à cause de tous les problèmes, et moi aussi. Je dors le jour, veille la nuit. *"Cuando quiero llorar no lloro/ Y a veces lloro sin querer"*. Si tu vois ce que je veux dire.

Depuis un an et demi presque à présent que je suis rentré en France, j'ai l'impression d'être redevenu une balle de ping-pong, comme avant mon départ pour le Nicaragua. J'ai eu beau contacter maints et maints professeurs d'université, chercheurs du CNRS, assistants sociaux, etc., hors de l'université les gens me regardent d'un mauvais œil, parce qu'ils pensent que si j'ai fait des études c'était par fainéantise, pour éviter de rentrer dans la vie active, idée qui leur est confirmée par le fait que malgré un doctorat je n'arrive pas à trouver de travail, et dans l'université tout le monde me renvoie sur tout le monde. Les littéraires aux historiens d'art et les historiens d'art aux littéraires. Comme tout fonctionne au piston, des professeurs qui sont rentré à l'université quand ils étaient encore en couches culottes et qui n'ont aucun travail de recherche à leur actif ni aucune publication me disent, avec mes 150 articles et la dizaine de bouquins publiés que j'ai, plus mes quatre ans d'enseignement au Nicaragua, qu'il faut que je rende mon dossier plus solide. En quoi faisant ? Ca c'est bien la seule chose qu'ils ne savent pas dire. Les meilleurs conseillers sont les plus mauvais payeurs.

J'ai écris aux gens que tu m'as indiqués, mais comme tu t'en doutes, ils ne me répondent pas. De fait, il faut bien reconnaître que si mon propre pays ne m'aide pas, pourquoi les autres le feraient-ils ?

Aujourd'hui, manque de pot, le malheur arrive toujours en masse, j'ai eu la mauvaise idée de téléphoner à un prof à qui j'avais demandé s'il accepterait de diriger mon habilitation (je te passe les détails, c'est une invention purement française). Cela fait six mois qu'il me traînait sans répondre. Je voulais juste récupérer les travaux que je lui avait envoyé. Manque de pot, comme je te disais, il était en verve de bonnes paroles. Il m'a donc redécouvert l'Amérique pour moi tout seul. M'expliquant pourquoi, comme il ne comprenait pas ce que j'écrivais, c'était bien sûr que j'étais un imbécile, et me donnant des pistes (que bien sûr j'avais déjà empruntées sans succès, c'est marrant comme tout le monde pense que quand tu es dans la merde c'est parce que tu te débrouilles mal, alors qu'en fait c'est que personne ne veut te donner la main pour en sortir), des pistes professionnelles, mais surtout pas chez lui… !

Alors pour me réconforter, comme je fais souvent, je suis passé sur internet, voir les sites des universités du Nicaragua. Tu sais le vieux coup, au Nicaragua je regrette la France, en France je regrette le Nicaragua. Je suis tombé sur le site de la UPOLI. Ils préparent un colloque pour fin 2000. Devine qui y est inscrite ? Elisa, avec son vieux copain Pablo Kraudy. Tu te souviens, celui qui m'avais fait tout un tas de problèmes au Département de Philo parce que j'osais lui voler sa chérie. Elisa m'avait juré ses grands dieux que rien ne s'était jamais passé entre eux. En fait à l'époque je m'en fichai qu'elle ait eu ou non une aventure avec lui avant moi, mais là je trouve ça un peu gros, enfin non, surtout ça me fait beaucoup de peine. Je ne sais pas trop pourquoi. Un peu tout je crois. D'être rester si longtemps avec elle en essayant de croire malgré tout que c'était quelqu'un de bien, même si elle était complètement schnock à cause de sa mère (comme moi d'ailleurs). Qu'elle n'ait pas eu la décence au moins de m'écrire pour dire: bon, ça fait presque un an que tu es parti, coupons court. De penser aux élans de perversité et de fausse amitié (voir plus) qu'elle a dû mettre en jeu pour convaincre Pablo de retravailler avec elle, tout ça parce qu'elle est incapable de faire un travail elle-même, alors forcèment elle court toujours après les types qu'elle pourra utiliser à son profit, bonnes pommes qui croient en ses sentiments.

Enfin voilà le portrait de ma vie, à 32 ans, un soir de septembre 2000.

Tu sais, je comprendrais si tu ne me réponds pas, d'ailleurs qu'y a-t-il à dire ? Je ne suis attendu nulle part, par personne, réellement je veux dire. Bien sûr, vous seriez contents, toi, Porfi, et quelques autres, de me revoir, mais bon, et dans le reste du monde, même dans mon pays de merde ma vie n'a aucune valeur. Je fais partie de ces quantités négligeables, personnes jetables par le système.

Tu sais, quand je t'ai écris il y a quelques mois, vers juin, et que toi et Elisa m'avaient répondu, je ne te l'ai pas dit, pour plusieurs raisons: un certain sens du ridicule, la peur que tu m'en veuille et ne me parle plus, ou encore que tu me considère comme bien gentil mais irrémédiablement zinzin: je venais de faire une tentative de suicide. J'étais resté dans le coma une semaine, à me pisser dessus. Depuis, jusqu'à il y a moins d'un mois encore, je suis resté alité, car durant cette semaine de coma, je m'étais méchamment ouvert la fesse droite, c'est comique sans doute comme évocation, mais le fait en soi ne l'est guère crois-moi, j'avais une sorte de plaque de sang sur tout le pourtour. Je ne pouvais ni m'asseoir ni me tenir debout, en tous les cas pas pour marcher ni pour rester en station fixe plus de cinq minutes.

Tu sais, je ne suis malgré tout ni un dingue ni un inconscient. On ne fait pas ce type de tentative pour rien. Je sais qu'en 1996 si tu te souviens j'avais déjà essayé au Nicaragua. Mais vois-tu, la raison en était la même, et elle n'a fait que s'accroître aujourd'hui, cinq ans plus tard, et moi étant plus vieux d'autant. Je ne sais plus quoi faire pour trouver un travail. Je vois mes parents dépérir à petit feu, d'autant plus vite que mes propres problèmes les démoralisent presque autant que moi. La maison est tellement hypothéquée que ce sera un miracle si je la récupère. Et moi je suis trop vieux pour les emplois jeunes, or c'est tout ce qu'ils proposent en France: il s'agit d'emploi sous-payés pour les moins de 26 ans, les entreprises et l'état n'ont plus recours qu'à ça parce que comme ça ils ne paient pas les charges sociales pour les jeunes qu'ils emploient, et le bon côté pour le gouvernement c'est que ça fait baissé les statistiques du chômage.

Les emplois hors université ne sont pas pour moi non plus, les gens se demandent pourquoi un docteur en lettres leur demande du boulot. Et à l'université je ne connais personne.

Tu vois, je crois que le pire, ce n'est pas la chute, mais la conscience qu'on en a: l'anticipation.

Or c'est ça qui me tue depuis toutes ces années: l'anticipation de ma chute, de plus en plus imminente. Que ferais-je quand mes parents ne vont plus être là pour me maintenir financièrement ? Comment faire pour me créer une vie propre ? Avoir un salaire, un travail, un chez moi ?

En plus je suis tellement fatigué que j'ai l'impression d'avoir un poids en permanence sur le cœur et dans le crâne. Etre dans une sorte d'étau.

Bien sûr, je pense à partir, en me disant qu'au moins ça m'obligera à sortir. Mais d'un autre côté, je sais pertinemment qu'où que j'aille j'aurais vite fait le tour: après avoir montré mon CV à une ou deux universités, proposé mes services à quelques collèges, et puis quoi ? après mon visa sera terminé et de toutes façons je ne pourrais pas rester comme j'ai fait au Nicaragua, des années pour la beauté du geste. Et si je retourne au Nicaragua. Je sais que ni Pablito n'aidera (peut-être simplement ne le peut-il pas) en tant que chef de Département pour que la UNAN m'embauche. Les micro-universités qui se sont créées c'est un peu pareil, à présent qui se souvient encore de moi ? Et puis c'est limité, venir t'embêter tous les jours avec ma vie, mes problèmes, etc. Ici non plus rien ne m'attends. Disons plutôt, si tu préfères, que tout est bouché, ce qui revient au même.

Enfin voilà, comme promis au début de cette longue lettre, dont je ne sais si tu auras eu l'extrême courage de la lire jusqu'au bout, je t'ai embêté avec ma vie sans queue ni tête. Mais vois-tu je ne savais pas à qui parler. J'ai composé tu numéro mais finalement je me suis ravisé. Au moins par internet tu as la liberté de faire comme tu veux, alors que par téléphone je ne voulais pas t'ennuyer, et surtout j'avais peur de me mettre à pleurer. D'un autre côté, j'ai pensé à appeler SOS Amitié ou SOS Suicide, mais pour quoi faire ? Tomber sur quelqu'un qui m'octroiera quelques minutes de son temps, mais sans m'apporter plus de réponses ? Mes parents, il est très tard, et quand j'ai commencé à écrire cette lettre il était deux heures du matin, je n'ai pas voulu une fois encore les réveiller en plein milieu de la nuit.

Pour tout de dire, j'ai versé beaucoup de larmes en t'écrivant tout ça à cœur ouvert, et j'en verse encore quelques unes en terminant. Elles ne se tarissent jamais semble-t-il, et plus il y en a plus il en vient. Avec elles il n'y aurait pas de problèmes d'économie d'énergie.

Tu ami, désespéré et grotesque, mais sincère, qui t 'aime.

Norbert.

LECTURES DE PANOFSKY AUJOURD'HUI: LIMITES ET PORTÉE DE LA MÉTHODE ICONOLOGIQUE DANS L'ANALYSE DE L'ART MODERNE ET CONTEMPORAIN

Thème I: **Deux origines concrètes de la méthode panofskienne, exotériques au groupe:**

1 - Cassirer et la contextualisation: vers une «*anthropologie philosophique*» des œuvres/De l'homme intérieur (subjectif et non analysable) vers l'homme extérieur (social et «objectivable»)

2 - L'histoire de l'art selon Riegl et les principes de «*valeur historique*» (*Le culte moderne des monuments*) et de «*grammaire des styles*» régi par la «*Kunstwollen*» («*volonté artistique*»)/De l'homme extérieur (analysable par une phénoménologie des productions symboliques) à l'homme intérieur (notion de «*valeur commémorative intentionnelle*», c'est-à-dire à la fois historique et biographique de l'œuvre; principe d'analyse immanente)

3 - Comparer éventuellement:

- les travaux de Panofsky sur l'architecture et la perspective avec *Le culte moderne des monuments* de Riegl;
- les notions panofskiennes d'«*histoire des formes*» et d'«*histoire des styles*» avec celles de «*valeurs*» chez Riegl;
- les principes de contextualisation biographique (voir par exemple l'étude des cartes astrologiques de Luther) chez Warburg (mais aussi les autres membres du l'«Ecole» dont notamment Klibansky, Saxl et Wittkower) et de «*volonté artistique*» chez Riegl;
- l'importance accordée à la forme comme porteuse tout particulièrement d'une poétique (voir par exemple Mnémosyne ou l'étude formelle de *La naissance de Vénus* et du *Printemps*) chez Warburg et la «*grammaire des styles*» de Riegl;
- enfin le principe d'«*anthropologie philosophique*» de Cassirer avec celui de codification objective par compilation-comparaison chez Panofsky

Thème II: Panofsky et la question épistémologique:
1 - Origines ésotériques de la méthode panofskienne: Warburg, Mnémosyne et le comparatisme début de siècle
2 – Fondements épistémologiques de la méthode: limites, portée, critique

      a) Sur plan historique:

- Rapport entre mentalité antique et art moderne
- Influence des théories du XIXème siècle et du début du XXème siècle sur l'élaboration de la méthode

      b) Sur le plan théorique:

- Qu'est-ce que l'iconographie?
- Qu'est-ce que l'iconologie?
- Les passages de sens de la *«pré-iconographie»* à l'*«iconologie»*, de l'*«histoire des formes»* à l'*«histoire des styles»*

      c) Sur plan interdisciplinaire:

- La question synchronique
- La question du comparatisme au début du XXème siècle

Thème III: Panofsky et l'analyse de l'art moderne:
1 – Warburg
2 – L'Ecole de Warburg et ses différents courants:

- Formel: Warburg, Wittkower, Seznec
- Historique: Klibansky, Saxl, Seznec
- Biographique: Klibansky, Saxl, Wittkower
- Sémantique: Panofsky, Wind
- Littéraire: Curtius

3 – Panofsky:

- La théorie: *Idea*; *La perspective comme forme symbolique*, *Essais d'iconologie*, et la reprise en main des postulats warburgiens
- Les «gros travaux»: *La mythologie antique dans l'art médiéval*; *Saturne et la Mélancolie*

- Les monographies: Le Titien, Dürer, La boîte de Pandore, La galerie François Ier, l'iconographie funéraire
- Approches de l'art contemporain: essais sur le cinéma, l'emblème Mercedes

Thème IV: Lectures de Panofsky:

1 - Lectures de Panofsky:

- Otto Ranke, Lévi-Strauss...
- Damisch, Arasse, Didi-Hubermann...

2 – Compréhension contemporaine de l'analyse des œuvres: progrès ou régression?

- En art moderne
- En art contemporain

3 – Ouvertures possibles: l'apport de la méthode iconologique:

- Rôle et importance de l'étude thématique (principe de recherche des «*universaux*»)
- Contextualisation versus historicisme (pratique «*historique et critique*» de l'histoire de l'art traditionnelle telle que la définit Michael Podro, *Les Historiens d'Art*)

L'ART DU NICARAGUA D'AUJOURD'HUI

Auteur du projet: Norbert-Bertrand BARBE
                   Historien de l'Art
                   Dr. En Littérature Comparée de l'Université d'Orléans
                   Professeur d'Esthétique, Histoire de l'Art et Sémiologie au Département de Philosophie de la UNAN (Universidad Nacional Autónoma de Nicaragua) de Managua entre 1996 et 1999
                   Spécialiste des problèmes d'analyse de l'art ontemporain
                   Auteur de nombreux articles sur l'art abstrait nicaraguayen
                   Descriptif du projet: série d'entretiens avec une quinzaine d'artistes contemporains abstraits représentatifs du Nicaragua (Ariostégui, Saenz et

Sobalvarro du fameux groupe Praxis des années 1970; Belli, Ocón, Quintanilla,..., du groupe ArteFacto des années 1980-1990; mais aussi, et tout d'abord, bien sûr, Peñalba, le père fondateur, puis le célèbre Armando Morales, actuellement résident en France; etc.), autour de la description et de l'analyse de leurs œuvres dans leurs différentes phases historiques et de réalisation

Support: enregistrement vidéo en espagnol

Durée par cassette: une heure pour chaque artiste

Intérêt du projet: donner aux amateurs, étudiants, enseignants et chercheurs, une meilleure connaissance de la réalité latino-américaine contemporaine par l'approche objective de ses productions symboliques, à travers l'exemple d'un pays hautement caractéristique de cette réalité, tant du point de vue politique comme idéologique et social

Publics intéressés:

les écoles d'art et départements d'histoire de l'art des universités

les collèges et lycées où est enseigné l'espagnol

les départements d'espagnol des universités

Centre National de l'Enseignement à Distance

DRAC

Musées et autres centres d'arts

Centre National d'Histoire de l'Art

chaînes de télévision à vocation culturelle (TV5, Arte, la Cinquième)

chaînes de télévision en langue espagnole

chaînes Internet

OBJET: JE SUIS DOCTEUR ET RMISTE. JE DEMANDE UN RECTIFICATIF CAR, NON, CONTRAIREMENT A CE QUE VOUS AVEZ AFFIRME DANS L'EMISSION DIFFUSEE CE JOUR, IL NE VAUT PAS MIEUX ETRE RMISTE EN FRANCE QUE SALARIE DANS UN PAYS DU TIERS MONDE

Monsieur Philippe Bouvard,

Lors de l'émission diffusée le samedi 26 août, soir où je vous écris, vous et vos collaboratrices, parlant des «stock options» ont affirmé qu'il est préférable d'être au RMI en France que d'être salarié dans un pays du Tiers Monde.

J'ai déjà entendu ce genre de raisonnements, dans le *20H20* de Canal Plus, où les chômeurs et «RMIstes» étaient implicitement comparés à des fainéants.

Néanmoins il s'agissait de sketches. Votre émission au contraire, bien que de divertissement, prétend apparemment à un certain sérieux.

Apparemment cependant, vous répondez à l'idéologie dominante, qui sert la structure politique imposée, puisque, identiquement, il faut supporter que le "RMIste" (malgré le fait que cette situation financière, imméritée, en ce qui me concerne, mais aussi, j'en suis sûr, pour tous mes compagnons d'infortune, n'est pas un statut permettant de définir l'individu, malgré l'idée apparemment communément admise, d'essence religieuse, que les pauvres ont dû pour mériter leur condition fâcher gravement Dieu) devienne mafieux dans *Nous C'est Nous* de France 3, ou plus simplement minable voleur à la petite semaine, sans plus d'importance, dans un épisode de la série *P.J.* de 2001 de France 2, chaîne sur laquelle vous-même officiez temporairement, même si cela relève du droit à la fiction.

Ainsi il est évident que, suivant le discours officiel, vous et vos collaboratrices parlez sans savoir ce que vous dites. Je suppose que vous confondez RMI et SMIC… Mais il est vrai que la situation des pauvres ne vous concerne pas!

Permettez moi donc de vous éclairer brièvement sur un cas concret: le mien.

Je suis titulaire d'une Maîtrise en Histoire de l'Art (Université de Paris X, 1991) et Docteur en Littérature Comparée de l'Université d'Orléans depuis 1996, j'ai 32 ans, suis auteur de 140 articles publiés entre la France, le

Nicaragua et la Belgique, et d'une dizaine d'ouvrages (ma thèses, ainsi que plusieurs recueils de poésies, catalogues d'exposition et essais) publiés quant à eux entre la France, le Nicaragua, le Salvador et le Pérou. J'ai enseigné entre 1996 et 1999 au Département de Philosophie de l'Université Nationale du Nicaragua (UNAN-Managua), pays où je m'étais expatrié faute de trouver, malgré mes diplômes, un emploi en France. Faute d'expérience selon ce qu'on me disait.

Ayant acquis cette précieuse expérience, j'ai donc décidé de rentrer dans ma patrie, voici un an. J'ai envoyé nombre de candidatures spontanées aux journaux, revues généralistes et spécialisées, rectorats, services culturels des mairies et départements, etc., afin de trouver un emploi. Je me suis présenté au CNRS et au CNU (Centre National des Universités).

Pour mon malheur, mon expérience ne me conduit qu'à une seule voie: l'enseignement et/ou la recherche. Les autres secteurs ne s'y intéressent pas. Je suis apparemment trop vieux et trop spécialisé.

Je suis donc au RMI. Je reçois par mois exactement 2200 Frs de RMI et 1100 Francs d'aide au logement. Mon loyer est de 3000 Frs. Mes parents, retraités et sur-endettés en sont donc réduit à me maintenir. Et moi à vivre dans un studio de 30 m^2, sans frigo (je n'ai pas de quoi m'en payer un). Quant à mes parents, ils risquent de perdre leur maison pour subvenir à mes besoins.

Monter une entreprise quelconque (puisque j'ai pensé monter une entreprise artisanale pour m'en sortir) m'obligerait, avant même de gagner quoi que ce soit à payer 20000Frs à l'URSSAF.

Maintenant, pour avoir vécu dans un pays du Tiers Monde, je peux vous dire que l'on peut y monter une entreprise artisanale sans rien avoir à débourser. Il n'y a au Nicaragua aucune impôt en sus des déductions directes sur le salaire. Il n'y a pas non plus de taxe d'habitation. S'il est vrai que le salaire moyen varie entre 500 et 1000 dollars, le prix d'un repas complet dans un restaurant normal n'excède pas, en moyenne toujours, 1,5 dollar.

Je vous serais donc très reconnaissant de bien vouloir faire un rectificatif sur votre antenne, même si je doute que vous en ayez le courage ou l'honnêteté.

Car figurez vous que ma situation n'a rien d'enviable. Je n'ai certainement pas fait 10 ans d'études universitaiits pour me retrouver au RMI, malgré ce que vous semblez penser ou ce que croient les assistants sociaux, qui par ailleurs ne font rien de concret pour m'aider dans mon insertion professionnelle.

En outre, sachez que si je ne peux accéder à aucun poste en université ou au CNRS, et ce malgré mon expérience et mes compétences, c'est parce que les postes sont déjà pris par des pistonnés. J'en veut pour preuve, comme le confirme l'annuaire de la Société Française de Littérature Générale et Comparée que j'ai en ma possession, que toutes les universités françaises titularisent sur des postes d'enseignants des personnes qui n'ont pas encore leur doctorat. De façon totalement illégal, puisque contraire au décret du 6 juin 1984.

J'ai écris au Syndicat National de l'Enseignement Supérieur (SNESUP) ainsi qu'à différents journaux (Le Monde, Le Figaro, Le Canard Enchaîné), au Ministère et à la Présidence de la République. Mais bien sûr, personne ne s'est donné la peine de me répondre, ou pour le moins de vérifier mes dires pour éventuellement dénoncer ce qui est un véritable scandale dans un pays comme le notre.

Aussi, Monsieur, que vous même (bien que n'étant pas à proprement parler journaliste) et vos collègues refusent de faire leur travail, par peur ou passivité passe encore (?), mais que vous alliez jusqu'à faire de la désinformation systématique, en étant l'une des premières victimes, je trouve cela parfaitement insupportable.

Non, Monsieur Bouvard, ne vous en déplaise, il ne vaut pas mieux être «RMIste» en France que salarié dans le Tiers Monde.

Dans l'attente pour le moins d'une réponse, et au mieux d'un rectificatif, merci d'avance.

Monsieur Bouvard,

A mon tour de vous répondre avec quelque peu de retard. C'est qu'en vérité, je ne savais quoi faire de votre lettre.

Je dois en effet tout d'abord vous remercier d'avoir eu la politesse de me répondre, ce que, je l'avoue, je n'attendais pas de votre part, vu le nombre de courrier que vous devez recevoir journellement.

Cependant, je suis surpris par ce courrier qui ressemble plus à une missive ou au télégramme de Montand revisité par la standardiste qu'à une réponse en bonne et due forme à ma plainte.

J'avoue être à un point où, déçu du système français dans son ensemble, j'ai désespéré de trouver la moindre once d'honnêteté intellectuelle ou d'intérêt pour ma situation, et celle sans doute de mes congénères. Un docteur en Sciences Humaines, auteur de plus de 150 articles et d'une dizaine d'ouvrages, au RMI, ne fait certes pas pleurer dans les chaumières, et n'intéresse donc en rien les médias, occupés qu'ils sont à satisfaire ce qu'ils pensent être, du haut de leur science infuse, les goûts du *vulgus pecum*.

Quoi qu'il en soit, veuillez croire Monsieur que, lorsque je vous dit que vos collaboratrices et vous même avez dans votre émission de France 2 poussé un invité à choisir (certes de façon toute académique) entre être RMIste en France ou salarié dans un pays du Tiers Monde, je n'affabule pas. Disons qu'il s'agit là d'une malencontreuse comparaison de votre part.

Je déplore donc que votre lettre, puisque vous vous êtes donné le mal de me répondre, se réduise à me faire part de votre «double perplexité», laquelle encore une fois ne satisfait en rien à ma demande initiale. J'eusse préféré au mieux des excuses, et au moins, comme je vous l'avais demandé, un droit de réponse. Malheureusement, je n'ai eu ni l'un ni l'autre, et de toute façon à présent votre émission estivale n'existe plus.

Si cependant votre dévouement tout particulier au comique ne vous empêche pas de vous pencher un tant soit peu sérieusement sur notre société, je vous engage de nouveau à vous intéresser à ce curieux système qui est le nôtre, et dans lequel un docteur en littérature se retrouve au RMI sans aucun espoir d'avenir pendant que les élèves descendent dans la rue parce qu'ils manquent cruellement de professeurs. Pour motiver votre curiosité, sachez que la question des RMIstes semble être d'actualité, puisque, comme je l'évoquais déjà dans ma précédente lettre, lorsque le *20h20* de Canal + ne nous fait pas passer pour des fainéants, les *Nous C'est Nous* de France 3 pour des maffieux ou la série *P.J.* de France 2 pour des voleurs à la petite semaine, *Capital* sur M6 se consacre, comme ce fut le cas l'avant-dernier dimanche, à la chasse aux RMIstes millionnaires, qui profitent indûment de l'argent du contribuable (!!!) ...

Maintenant, si votre rôle d'amuseur ne vous laisse pas le temps de traiter un peu plus sérieusement que vos confrères les «sujets de société», comme l'ont dit aujourd'hui, alors je ne saurais trop vous engager à vous concentrer sur l'animation des *Grosses Têtes* ou, à défaut, puisque je crois avoir compris que le pitoyable Christophe Dechavanne vous remplaçait dans cet emploi, à profiter de votre retraite. Mais, par pitié, cessez d'aboyer avec la meute. Les poncifs du Café du Commerce sur les méchants RMIstes sont indignes de votre prétention avouée d'intellectualisme.

Dans l'attente je l'espère donc d'une réponse un peu plus sérieuse de votre part, comme disait Patrick Mac Goohan dans la version française: «*bonjour chez vous*»,

A l'intention des Membres du Comité d'Attribution de la Bourse Découverte de la Section Arts du Centre National des Lettres

J'ai l'honneur de postuler à la Bourse Découverte de la Section Arts du Centre National des Lettres car, ayant essentiellement publié dans des revues étrangères, j'aimerais avoir la possibilité de faire connaître mes recherches en France, mais d'une façon plus systématique qu'au travers de la simple publication en revue.

En effet, l'ouvrage, à la réalisation duquel me permettrait de me dédier l'obtention de la Bourse Découverte, correspondrait dans mon activité de recherche à la fois à une manière de présenter une systématisation de la méthodologie récurrente de mes travaux antérieurs, ainsi qu'à une possibilité d'amplification de mes champs d'investigation habituels, dans le sens d'une véritable vision synchronique de l'évolution des arts plastiques européens, depuis la fin du bas Moyen Age jusqu'à l'époque contemporaine.

Ce serait aussi pour moi le moyen de mettre de façon plus large ma production à l'épreuve du public français.

L'obtention de la Bourse Découverte favoriserait bien sûr notablement le développement de mon travail, me permettant de m'y dédier plus entièrement.

En même temps, elle représenterait une caution scientifique de tout premier plan à mon projet.

C'est pour toutes ces raisons que je fonde mon espoir dans l'attribution de cette Bourse.

LETTRE OUVERTE D'UN DOCTEUR AU RMI A L'UNIVERSITE FRANCAISE

«... à première vue, il semblait déraisonnable de renoncer à du certain pour quelque chose d'encore incertain. Je voyais en effet les avantages que nous procurent honneurs et richesses, et qu'il m'en fallait abandonner la poursuite si je voulais m'appliquer avec sérieux à cette nouvelle entreprise. Et je m'apercevais bien que si jamais le bonheur suprême résidait dans ces biens, je devais en être privé. Mais, en revanche, s'il n'y était pas contenu et si je m'y attachais exclusivement, j'étais tout autant privé du bonheur suprême.»

(Spinoza, *Traité de la réforme de l'entendement*)

«Quel fugitif, d'un pied colère,
Va renverser l'autel qui lui fut tutélaire?
Quel nageur sauvé du trépas
Brûle son bienfaiteur, le roseau du rivage?
Quel rossignol ne chante, à couvert de l'orage,
L'ormeau qui lui tendit les bras?»

(André Chénier, «*Ode IV*»)

Longtemps j'ai couru, comme Forrest Gump. Mais à l'inverse de lui, j'ai toujours pensé que cela me mènerait quelque part.

Je suis né en 1968, et fais donc parti de cette génération perdue qui n'a jamais entendu parler d'autre chose que des problèmes d'emploi. C'est pourquoi j'ai passé la majeure partie de ma vie à essayer de ne pas être au chômage. Mais voilà, la propagande télévisuelle, aujourd'hui comme hier («*20h20*», «*Extra Zigda*»), nous ressasse que, pour ne pas être chômeur, il faut étudier en classe. J'ai donc passé mon baccalauréat, pour m'apercevoir, une fois que je l'ai eu en poche, qu'il ne me servait à rien, sinon à rentrer à l'Université. Ce que, bien sûr, jeune homme inexpérimenté, j'ai bêtement fait.

Je voulais étudier les Sciences Humaines: j'ai donc passé une maîtrise d'Hii oire de l'Art, puis un D.E.A. de Lettres Modernes. C'est en 1993, alors âgé de 24 ans, qu'ayant rempli mes obligations militaires, j'ai pensé, tout naturellement, qu'il était temps pour moi de rentrer dans la vie active. J'ai alors postuler pour être maître-auxiliaire (c.-à-d. enseignant non titulaire) auprès du Rectorat de mon domicile. Mais les services compétents de ce même Rectorat m'ont toujours répondu que, pour enseigner dans le secondaire sans avoir le CAPES (c.-à-d. sans être titulaire), il fallait au moins avoir une Licence dans l'une des disciplines au programme. J'essayais en vain de faire valoir que j'étais titulaire d'un D.E.A. en Littérature française, qu'il s'agissait évidemment là d'un diplôme supérieur à la Licence, et que je l'avais obtenu dans une discipline au programme de n'importe quel collège ou lycée de l'Hexagone.

Mais, merveilles de l'administration, rien n'y fit.

J'ai donc passé le CAPES de Lettres Modernes, auquel je fus admissible en 1995, tout en continuant parallèlement mes études. En janvier 1996, j'obtins mon Doctorat avec mention Très Honorable. Inutile de dire qu'entre-temps, j'avais multiplié les lettres de candidature spontanée, auprès des maisons d'édition, des revues spécialisées aussi bien que généralistes, des collèges et lycées privés, des musées, et même auprès des supermarchés et sociétés de commerce en tous genres...

Cependant rien ne se décantait, et j'étais chaque jour plus las de me présenter à l'Université ou au CNRS, pour participer à des colloques, être chargé de cours, ou simplement publier dans les organes officiels, et que l'on me conseille toujours d'acquérir de l'expérience, avec une parfaite mauvaise foi, puisque sans jamais rien faire pour m'aider. Or il se trouve que cette même année 1996, par le plus grand des hasard, la Directrice du Département de Français de la UNAN–Managua (Université Nationale Autonome du Nicaragua), où j'avais accompli ma coopération, vint en France pour suivre une série de cours de six mois. C'est ainsi que, lorsque mon amie repartit pour son pays, je décidai de la suivre. Pensant que je pourrais acquérir au Nicaragua la fameuse expérience qu'on me refusait ici, je partis donc en juin 1996, soit moins de six mois après ma soutenance. J'avais quand même réussi entre 1991 et 1996 à publier 8 articles d'investigation en France, ainsi que deux poèmes en Belgique.

J'ai, entre 1996 et 1999, enseigné à la UNAN, participé à la mise en place de plusieurs Centres de Recherches, aussi bien à la UNAN que dans les autres Universités du pays, et donné de nombreuses conférences dans toute l'Amérique Centrale. J'ai, de plus, publié une dizaine de poèmes, plus de cent articles d'investigation et plusieurs essais sur les problèmes épistémologiques et pratiques d'analyse des œuvres (ou productions symboliques).

Voici un an, j'eus la mauvaise idée de croire - comme Ulysse - qu'avec l'expérience acquise, je pouvais enfin revenir en mon pays, pour accéder, suite logique de mon parcours au Nicaragua, à un poste d'enseignant universitaire ou de chercheur. Je me suis donc présenté au CNRS. Je n'ai pas été pris. L'un des membres du jury dormait pendant mon exposé. Les directeurs de centres de recherche que je recontactais en vue d'une nouvelle candidature ne m'ont jamais répondu. Je me suis ensuite présenté au CNU (Centre National des Universités) pour obtenir la qualification au poste de maître de conférences. Sur les cinq sections (9, 10, 18, 21, 22) regroupant les Lettres et l'Histoire de l'Art, auxquelles je me suis présenté, je n'ai été retenu dans aucune. J'ai alors demandé à voir les rapports de non qualification, et fus stupéfait de découvrir que certains rapporteurs s'émerveillaient devant mon expérience, tout en affirmant cependant ne rien en avoir affaire du tout (section 9), pendant que d'autres, au choix, rejugeaient ma thèse, ne savaient pas lire un C.V. (section 10), ou ne tenaient aucun compte des travaux joints au dossier (sections 18, 21, 22), voire même ne prenaient pas la peine de justifier leur refus de qualification.

Mais chercheur dans l'âme, j'ai finalement compris pourquoi j'avais été systématiquement refusé, malgré mon expérience.

Membre de la Société Française de Littérature Générale et Comparée (SFLGC) depuis mes années de doctorat, j'ai en ma possession l'annuaire 1995 des comparatistes. J'y ai découvert que, malgré le décret du 6 juin 1984 qui impose d'être titulaire d'un doctorat pour pouvoir ne serait-ce que se présenter au concours de maître de conférences, il n'y a pas une Université française (ou peu s'en faut) qui n'ait nommé au grade de maître de conférences des personnes «*en cours*» de doctorat.

J'en ai forcément déduit que nous ne vivions pas dans la «méritocratie» dont on nous rebat les oreilles depuis l'enfance, mais bien dans une réelle oligarchie, ce qui pose un véritable problème quand celle-ci gangrène l'organisation par essence la plus propre à défendre la liberté d'égalité de droits de chacun dans notre société: à savoir l'Université. Ceci est d'autant plus problématique d'ailleurs que les personnes propulsées maîtres de conférences non par mérite personnel mais par «piston», sont parfaitement incompétentes, comme le montrent très clairement leurs doctorats qui, une fois soutenus, se révèlent être de simples copies de travaux déjà amplement diffusés, et non, comme ils le devraient, de réelles analyses d'investigation, c'est-à-dire d'innovation et de découverte(s). J'en veux pour exemple la thèse de Chantal Tétreau-Foucrier, soutenue à la Sorbonne en 1997.

Voici donc pourquoi, à presque 32 ans, découvrant que les études que j'ai payées pendant quinze ans à l'Education Nationale, c'est-à-dire à l'Etat et au gouvernement, n'aboutissent en réalité nulle part, je suis depuis un an au RMI, regardé de travers par les assistantes sociales qui ne comprennent pas ma situation (et elle est certes incompréhensible), ne pouvant prétendre à un emploi dans le secondaire, malgré le manque de professeurs dont se plaignent chaque année les étudiants, et réduit au chômage sans rémunération aucune, puisque de moins qualifiés volent les postes avec l'appui tacite du système.

Inutile de préciser que, malgré mes lettres au Ministère de l'Education et au SNESUP (Syndicat National de l'Education Supérieure), et même, en désespoir de cause, à la Présidence de la République, je n'ai eu aucune réponse.

Je me retrouve ainsi, il faut bien le dire, sans alternative de vie réelle, et me demande s'il existe vraiment une justice dans mon pays. Car enfin, à quoi me servira de me représenter chaque année à un concours national de la fonction publique, tout en sachant à l'avance que mon dossier ne sera jamais jugé en fonction de ses qualités, mais au contraire que toute expérience sera contournée, caricaturée et systématiquement dévalorisée, dans le seul but de pouvoir justifier la qualification de ceux que l'on recommande et parraine sans vergogne ni souci de la justice et du droit à l'égalité des chances (art. 13 et 14 de la *Convention de sauvegarde des Droits de l'Homme et des Libertés fondamentales* du Greffe de la Cour européenne des Droits de l'Homme, Strasbourg, 1998, p. 6)?

De même, depuis mon retour, j'entends régulièrement stigmatiser l'absence de liberté d'expression dans les pays tels que la Russie. Mais cette liberté d'expression n'est-elle pas également flouée lorsqu'en France, alors qu'en tant que citoyen l'on pose clairement les problèmes comme je le fais actuellement, les autorités refusent tout bonnement de nous répondre? Enfin, quel recours y a-t-il lorsque l'information est bloquée sans aucun médiateur qui accepte de la rendre publique?

OBJET: RECLAMATION POUR PLUSIEURS MATERIELS DEFECTUEUX CONSECUTIFS, ABSENCE TOTAL D'AIDE DE

LA FNAC, IMPOLITESSE DE VOS VENDEURS ET CHEFS DE SERVICE, AINSI QUE REMBOURSEMENT TRES DIFFICILEMENT ET AU FINAL MAL FAIT

Je vous écris pour vous faire part de mon mécontentement.

Si vous reprenez vous archives, vous pourrez constater que je suis un client fidèle de la FNAC depuis plus de dix ans.

Or dernièrement, ayant un besoin urgent d'une imprimante A3, j'ai fait confiance à la FNAC Directe et ai commandé sur internet une Epson.

Malheureusement, arrivée chez moi, celle-ci, une fois déballée, s'est révélée ne pas fonctionner.

Je n'ai obtenu aucune aide technique de vos services après-vente, sous prétexte que vous ne vous occupez pas de la maintenance sur site des imprimantes, mais seulement des ordinateurs. J'ai été renvoyé sur l'assistance Epson, qui m'a dit qu'il s'agissait d'un défaut matériel.

J'ai donc, sur les conseils de votre service téléphonique (0803 020 020) aussitôt recommandé le même modèle, puisqu'on m'a dit qu'un tel problème était rarissime.

Arrivée la seconde imprimante, celle-ci n'a pas plus marché. Entre-temps se sont écoulés 15 jours durant lesquels je n'ai jamais reçu le bon de renvoi pour la première imprimante, ce malgré mes nombreux coups de fils. Voyant qu'aucune des deux imprimantes ne fonctionnaient, et n'obtenant toujours aucune aide auprès de vos services, ceux d'Epson se contentant de me parler de nouveau d'un problème matériel pour la seconde imprimante, j'ai décidé de rapporter les deux à la FNAC de Parly II.

Là j'ai dû me battre une journée entière pour être remboursé de mon achat.

Finalement, je recommandais par la FNAC Directe cette fois une Canon, même problème. Toujours aucune aide de vos services; cette fois ce fut l'assistance Canon qui m'a dit qu'il s'agissait d'un problème matériel.

Je dois préciser toutefois que dans les trois cas (pour les deux Epson et la Canon), les service d'assistance technique des marques respectives m'ont aidé à faire des essais sans passer par l'ordinateur, pour voir s'il ne s'agissait pas d'un mauvais contact; et ce n'est qu'après ces tests de l'imprimante vers l'imprimante, sans avoir recours à l'ordinateur, qu'ils m'ont certifiés qu'il s'agissait de problèmes internes à leur matériel.

Je ramenais donc la Canon à la FNAC Parly II, n'étant pas désireux de la garder trois semaine chez moi, comme j'avais dû le faire pour la première Epson.

Evidemment, là le service après-vente de la FNAC m'a renvoyé sur le rayon micro-informatique du magasin, me disant qu'il n'y aurait aucun problème pour le remboursement. Les vendeurs de ce rayon, très mal aimables, et faisant mine de ne pas connaître la FNAC Directe, ont tout d'abord inspecté avec beaucoup de suspicion le matériel, pour me faire ostensiblement comprendre qu'il s'agissait de voir si je n'avais rien volé et que, somme toute, j'étais en tort d'oser demander un remboursement. De là, est venu le **chef du rayon, M. Frédéric Boutin,** j'insiste sur le nom, a refusé de me rembourser, arguant que le matériel n'était pas référencé dans leur magasin. Je lui ai rétorqué que cela ne me regardait pas, et que n'ayant aucun moyen de locomotion propre, je n'était pas en mesure ni dans le désir de ramener l'imprimante chez moi, ou, ce qu'il me proposait, de l'emporter sur une FNAC parisienne. De là, je lui ai demandé de téléphoner au service après-vente du magasin, comme on me l'avait conseillé si je rencontrai le moindre problème. Ce qu'il a obstinément refusé de faire. Il a même été, alors que j'étais un client ayant des problèmes avec un matériel vendu par la FNAC et qui simplement le ramenais pour me faire rembourser, **jusqu'à me menacer de me faire éjecter par la sécurité.** Je lui ai alors demandé son nom, l'avertissant que j'enverrai une lettre pour me plaindre de lui, ce que je fais par la présente, **espérant qu'il en soit tenu compte.**

Finalement, redescendu au service après-vente, j'ai réussi à ce que celui-ci accepte de garder le matériel et de me donner un reçu. Au vu de cela, M. Boutin, appelé je pense par sa direction, est revenu tout miel vers moi, par peur visiblement de la lettre dont je l'avais menacé, et me faisant milles courbettes inutiles. Il m'a même chaleureusement serré la main lors de mon départ, après être rester une bonne demi-heure à me faire la conversation pendant que j'attendais le reçu.

Je n'étais malheureusement pas là encore au bout de mes peines.

Lors de la remise du reçu, j'ai eu M. Christian Trouvé au téléphone, apparemment responsable du service après-vente à la FNAC Directe. Celui-ci m'a certifié qu'il m'enverrait une attestation comme quoi j'allais être remboursé le jour même, ce qu'il a fait.

Néanmoins, de retour chez moi je lui téléphonais pour lui signifier que je désirais être remboursé sur mon compte CCP, dont je lui redonnais le numéro, pour plus de sécurité. Il m'a assuré là encore qu'il n'y avait aucun problème.

Nous étions là le 13 octobre.

Le 25, sans nouvelles, je téléphonais de nouveau à la FNAC Directe, où l'on me dit que le virement avait été fait le 22 sur mon compte CCP. Or n'en ayant aucune trace le 31 j'envoyais un mail à M. Trouvé qui me répondit tout de suite comme quoi le virement avait bien été fait le 22 sur mon compte Finaref.

Je dois vous avouer que, n'ayant pas plus que cela le goût des litiges, si mon virement avait été fait normalement, comme convenu, sur mon CCP, je n'aurais sans doute même pas pris la peine de vous contacter, pour le simple fait de raconter ce parcours surréaliste ni même me plaindre de M. Boutin.

Cependant, je trouve qu'il y a certaines limites lorsqu'on s'appelle la FNAC et que l'on prétend attirer le client par la qualité de ses services.

Il est anormal:

1 - De vendre du matériel dont on assume pas la maintenance lorsque le client le reçoit chez lui;

2 - D'obliger le client à répondre à vos propres nécessités sans tenir compte des siennes, je pense en particulier à la question du renvoi de vos matériels défectueux dès l'arrivée;

3 - Que **le remboursement de vos matériels défectueux se fasse aussi difficilement** (à la différence du débit automatique et immédiat lorsqu'on fait un achat chez vous): lors de la remise des premières imprimantes, j'ai été obligé deux fois de passer en caisse, face à une jeune caissière fort désagréable, qui refusait de me rembourser, alors que je venais précisément de passer au service après-vente qui me renvoyait sur elle; j'ai dû revenir avec ma carte pour qu'un virement soit fait, là on m'a annoncé que l'on ne pouvait me faire un virement que de 5000 Frs, j'ai donc dû encore attendre une partie de l'après-midi pour récupérer le reste de la somme; pour le remboursement de la troisième imprimante, M. Boutin, qui d'ailleurs au final refusa simplement de me rembourser, voulait ne pas me rembourser les cartouches, sous prétexte que je les avais ouvertes (je ne vois pas comment j'aurais pu savoir autrement que l'imprimante ne fonctionnait

pas), et en outre de cela, malgré mon accord avec M. Trouvé, la somme a été créditée sur le mauvais compte;

4 - Que vos vendeurs, **et plus encore leurs responsables les chefs de rayons comme M. Boutin,** en arrivent à menacer le client lorsque celui-ci est dans son bon droit, d'autant qu'au final s'il avait, comme je le lui ai demandé à plusieurs reprises, téléphoné au services après-vente, la question se serait sans doute réglée beaucoup plus simplement, sans m'obliger à rapporter, une fois de plus, l'imprimante de la micro-informatique au service après-vente (je précise à ce propos qu'il a fallu que je demande à M. Boutin de refermer la boîte de l'imprimante, sinon il m'aurait laissé partir avec une boîte ouverte, je ne vois d'ailleurs pas très bien comment j'aurais pu la porter.....!!!!);

5 - D'obliger le client à rappeler sur votre audiotel vingt et vingt fois, sachant le coût que cela revient;

6 - Lorsque, le client payant le coût de cette communication, **vos responsables,** cette fois je stigmatise M. Trouvé, **ne prennent aucun compte des desiderata émis par ces mêmes clients, malgré le fait qu'il leurs certifient pourtant qu'ils vont le faire.**

J'avoue être très déçu de la FNAC, en laquelle pourtant j'avais toute confiance.

Aujourd'hui, plus de deux mois après ma commande, je n'ai toujours aucune imprimante A3, j'ai dû rapporter à pieds trois matériels relativement lourds, et me faire insulter et menacer par vos employés, tout ceci sans qu'aucun dédommagement ou simplement acte de bonne foi ne vienne contrebalancer les ennuis causés.

Le minimum, me semble-t-il, lorsqu'on est un magasin, est de rembourser sans sourciller - et sur le bon compte!!!!!! - le matériel défectueux, n'obligeant pas le client à un inutile parcours du combattant, surtout lorsque, comme vous, l'on n'accepte même pas de se déplacer pour fournir une assistance technique sur site.

Un ancien fidèle dont je crains fort que vous n'ayez perdu la clientèle, sauf à me proposer un dédommagement quelconque (et je vous en prie, pas de 10% de réduction sur le matériel informatique le jour que je désire).

Je vous avoue ainsi que, moi qui lorsque je devais acheter une cartouche d'encre, un livre, un CD ou une vidéo, allait de préférence à la FNAC, ai, depuis un mois, tendance à me rabattre sur le BHV ou les autres magasins du centre commercial de Parly II. Pour tout dire, je n'ai pas remis les pieds à la FNAC.

Merci toutefois de me tenir informé de la suite réservée à ma lettre, notamment en ce qui concerne M. Boutin.

OBJET: DEMANDE DE NON SUSPENSION DE MON RMI ET RECLAMATION (pour un Minimum Social d'Humanité)

Je suis au RMI depuis juin 1999, et en recherche d'emploi.

J'ai durant ces deux ans eu quelques emplois très passagers de remplacement dans l'enseignement secondaire (3 mois en 2000, 1 mois en janvier 2001).

Je n'ai aucun revenu, seulement un grand nombre d'interrogations sur mon avenir, malheureusement toujours à l'heure actuelle sans réponses du fait que, malgré mon doctorat, je n'arrive pas à être employé par aucun organisme gouvernemental ou autre, culturel, de recherche ou d'enseignement, voire de journalisme (ayant beaucoup publié).

En mai 2000 j'ai fait une tentative de suicide, et suis resté alité pendant six mois suite aux séquelles. J'en ai à l'époque fait part à Mme Thaumiaux, ancienne assistante sociale au Chesnay s'occupant du RMI, puis à Mlle Danze, arrivée entre-temps.

Suite à mon dernier entretien avec Mlle Danze, en août dernier, j'ai de nouveau fait une tentative de suicide, ce sans que Mlle Danze en soit responsable, mais par le fait même de me sentir dans une situation inextricable, et de n'obtenir aucune aide concrète réelle, sinon d'avoir vu mon RMI plusieurs fois suspendu pour des raisons que je ne comprends pas encore à la fin de l'année 2000 et encore le mois dernier (?!) parce que j'avais dû changer d'adresse - en passant sans que jamais me sois restitué le déficit de ces paiements non reçus -.

J'insiste sur le fait, qui apparemment semble incompréhensible aux différents assistants sociaux du RMI et de l'ANPE, que ma situation me rend hyper-susceptible et extrêmement angoissé, en permanente souffrance morale et physique. De fait, dans les deux ans qui viennent de s'écouler, j'ai pris plus de quarante kilos... (et par voie de conséquence n'ai plus d'habits à me mettre sur le dos).

Les seules relations que j'ai eu avec les assistants sociaux se résume à ceci:

Parti de France pour chercher du travail, mon RMI a été suspendu; revenu en 1999, je me suis réinscrit à l'ANPE et ai fait une demande de RMI que je n'ai obtenu qu'en septembre 1999, c'est-à-dire un rappel de 25000 FF, RMI et allocation logement compris, mais ne m'a jamais été payé le mois de septembre 1999. Lorsque je l'ai signalé à Mme Thaumiaux, celle-ci m'a simplement signifié que je venais de recevoir un important rappel.

Dès juin 1999, j'ai tenté de me rapprocher de l'ANPE pour y trouver assistance, la responsable de l'époque était Mme Dupin. Je n'ai jamais pu avoir de rendez-vous avec elle avant octobre ou novembre (!) de la même année. Suite à ce rendez-vous, où Mme Dupin m'a copieusement rabaissé, on m'a enlevé le RMI. Quand je l'ai dit à Mme Thaumiaux, celle-ci m'a dit qu'elle n'y pouvait rien. Je n'ai donc pu le récupérer qu'en envoyant une lettre à la Préfecture des Yvelines, et seulement trois ou quatre mois après, les mois où il a été injustement suspendu ne m'ont jamais été remboursés.

Suite à cet incident néanmoins, la Préfecture m'invitait à retourner voir Mme Dupin (!), ce que je n'ai pas fait, ne voyant pas trop ce que cela apporterait de nouveau, et n'ayant aucune envie d'entrer de nouveau en conflit, chaque jour en soi étant déjà suffisamment lourd à porter.

Depuis 1999, et mis à part le moment de mon inscription à l'ANPE et la visite auprès de Mme Dupin, je n'ai eu de rapport qu'avec les assistantes sociales du RMI du Chesnay, selon leur désir une fois tous les trois ou six mois, toujours pour la même chose d'ailleurs, remplir un contrat d'insertion, ce qui se règle en général dans la demi-heure.

Quelle ne fut donc pas ma surprise en août dernier de recevoir une convocation de Mlle Danze, alors qu'il me restait encore trois mois de RMI.

Je m'y suis rendu, avec toutes les difficultés liées à ma situation et l'état d'abandon psychologique que je viens d'expliquer. Nous avons donc rempli un nouveau contrat, pour six mois. Depuis je n'ai eu aucune nouvelle ni de Mlle Danze ni du contrat (accepté ou non?).

De là, en octobre m'est parvenu une convocation à l'ANPE, où un certain M. Gonzalez si je ne m'abuse me donnait rendez-vous. J'essayais de lui téléphoner une semaine avant pour lui expliquer mon état moral et le fait que je n'étais donc pas très chaud pour y aller, à moins qu'il aie quelque chose de concret à me proposer. Je n'ai pas pu l'avoir, j'ai donc laissé mon numéro de téléphone. Il ne m'a jamais rappelé.

Par acquis de conscience et par peur de perdre mon RMI, je me suis quand même présenté. Là, sa première phrase fut pour me dire qu'il m'avait convoqué parce que cela faisait deux ans que, selon ses propres termes, "j'étais dans la nature".

Je lui ai donc fait le résumé de mon expérience auprès de l'ANPE, suite à quoi il m'a invité à faire une demande d'annulation de mon inscription à l'ANPE. Je lui ai fait part de ma surprise et du manque de logique de me faire venir si le but était d'avance d'enlever mon inscription.

Je lui demandais ce que concrètement il pouvait me proposer, ce à quoi il me répondit que de toute façon il ne suivrait pas mon dossier, que ce n'était pas son travail, mais que si j'en étais d'accord, un conseiller (autre que lui, donc) pourrait réfléchir avec moi à ma recherche d'emploi.

Je n'espère depuis longtemps, au moins 1999, plus aucune aide concrète (j'insiste sur ce mot) de l'ANPE, mais les déficiences de cet organisme et l'illogisme de son fonctionnement sont néanmoins plus que notables, me semble-t-il.

M. Gonzalez, ou quelque soit son nom d'ailleurs, ne m'a pas fourni l'imprimé du compte-rendu de notre entretien, et depuis je n'ai aucune nouvelle, cela fait plus d'un mois.

Je souligne à ce propos que M. Gonzalez, lorsqu'il m'a proposé d'annuler mon inscription à l'ANPE m'a certifié que cela n'impliquait nullement ma radiation du RMI. J'aimerais donc savoir pourquoi mon litige avec Mme Dupin m'a fait perdre plusieurs mois de RMI, et surtout pourquoi je ne les ai jamais récupérés.

Enfin, je viens de recevoir une nouvelle convocation de Mlle Danze pour le lundi 19 courant, soit après-demain.

Sur cette convocation m'est demandé le contrat que nous avons rempli avec Mlle Danze en août et qui lui est resté. De plus, m'est notifié que si je ne me présente pas mon RMI sera suspendu.

J'aimerais donc comprendre: à quoi a servi notre entretien d'août si le contrat d'insertion n'est pas passé alors? De même, dans le cas contraire, qu'en est-il advenu? S'il a été accepté, pourquoi suis-je re-convoqué lundi prochain, puisque le contrat devrait courir au moins jusqu'à janvier?

Si c'est pour remplir de nouveau le même formulaire, avec les mêmes données: oui je suis bien en recherche de travail, non je n'ai aucune source de revenus que le RMI, et c'est bien de cela qu'il s'agit, je ne vois pas trop l'intérêt. Je veux dire, pour être précis: chaque visite aux assistants sociaux ne fait qu'accentuer mon

sentiment de solitude, à ceci s'ajoute les remises en cause permanente de mon RMI, encore sur la convocation que je viens de recevoir, alors même que ne m'a même pas été rendu l'argent que je n'ai pas touché le mois dernier, preuve de ce sentiment d'angoisse que provoque ce que je ne peux qu'appeler le jeu de pouvoir des assistants sociaux, non pas là pour aider mais malheureusement apparemment pour tâter leur pouvoir sur les miséreux comme moi, ma tentative de suicide d'août. Je ne l'aurais peut-être pas faite si je n'avais pas dû *impérativement!!!!!!* aller voir Mlle Danze à l'époque. Or de fait je n'y suis allé que pour lui tailler une bavette, puisque mon contrat, pourtant rempli avec elle, n'est même pas passé et que me revoilà de nouveau soumis à venir *sinon mon RMI sera suspendu!!!!*

Puis-je vous demander à vous et vos services donc un peu de compassion et d'humanité?

Je conçois, pour tout ce que m'ont dit vos agents coercitifs de l'ANPE Mme Dupin et M. Gonzalez que vous, si vous étiez dans ma situation, mais vous n'y êtes pas, seriez plus forts, et combatifs, et sans doute trouveriez un emploi en claquant des doigts. Mais voilà, je ne suis pas vous, alors si vous ne pouvez l'admettre, au moins comprenez que certaines personnes n'ont pas votre génie inné pour sortir des situations pourries de la vie, et par charité chrétienne ou simple voix du cœur, aidez-nous. Au moins, si vous ne pouvez rien d'autre que nous allouer le RMI, et ainsi en est-il, faites-le sans nous mettre en permanente position de potentiel insoumis ou hors-la-loi.

Bien que les dossiers que vous traitez, et je le comprends, ne soient pour vous que des monceaux de papiers s'entassant au fil des ans, derrière se cache la vie de gens qui existent difficilement, comme moi, et, à tout prendre, si on me le permettait, préféreraient mourir plutôt que de continuer comme ils le font. Et comme je le fais depuis trop longtemps déjà à présent.

Je vous envoie copie remplie de mon Xième contrat d'insertion, dont d'ailleurs je ne comprends pas trop l'utilité, puisque il ne vous engage même pas à me payer mon RMI, et que de l'autre côté, comme la symbolique interdiction d'avoir faim et d'avoir froid de la chanson des Restos du Coeur, mes déclarations d'intention de trouver un emploi ne sont que feuilles mortes devant les instances qui me le refusent, ce travail. Quelles qu'elles soient. Je pense notamment à l'enseignement.

Je suis fatigué, et une fois de plus entre vos mains pour savoir si "*le versement de* (mon) *RMI sera suspendu*"...